JN108035

時との戦い

フィクションのエル・ドラード

時との戦い

アレホ・カルペンティエール
鼓直・寺尾隆吉訳

Colección Eldorado
水声社

本書は、寺尾隆吉の編集による
〈フィクションのエル・ドラード〉の
一冊として刊行された。

時との戦い ★ 目次

種への旅　鼓直訳　11
夜の如くに　鼓直訳　33
聖ヤコブの道　鼓直訳　51

*

闇夜の祈祷　寺尾隆吉訳　97
逃亡者たち　寺尾隆吉訳　111

選ばれた人びと　鼓直訳　127
庇護権　寺尾隆吉訳　145
訳者あとがき　寺尾隆吉　173

果たしてこの者は、時との戦いの
隊長なのか。それとも兵士なのか。

——ロペ・デ・ベーガ

種への旅

鼓直訳

1

「おい爺さん、なにか用かい？」

足場の高いところから何度も同じ声が降ってくるが、老人は答えない。ぶらぶらしながらそこらをのぞいては、わけの分からぬことをぶつぶつ呟いているだけだ。下に落とされた素焼きの瓦が、枯れた花壇にモザイク模様を描いている。上でつるはしを使って起こされた石が、石灰や漆喰の粉を飛ばしながら、木製の樋をころがり落ちる。歯が欠けるように壁にできていく狭間から、楕円形や長方形の平天井、軒蛇腹、花環彫刻、歯状装飾、玉縁、蛇の脱けがらよろしく垂れ下がった壁紙などが、秘密をあばかれてつぎつぎに現われる。そしてこの取りこわし作業を眺めるように、鼻が欠け、ロープが色褪せ、豊かな髪にも黒い筋のはしるケレース神の彫像が、奥庭のおぼろな怪人面の噴水に佇立している。ようやく影の長くなった光を浴びて、藻の浮いた生ぬるい池の水のなかで口をぱくぱくさせている灰色の魚が、由緒ある館の高さを少しずつ削っていく職人たちの、夕べの空を背にした黒い影をつぶらな目で追っている。老人は顎を杖にあずけて彫像の真下にすわり込み、貴重なものをのせて上がり下がりする桶を眺めた。通りの鈍いざわめきが聞こえるなかで、鉄と石の触れあう音にかぶさるように軋る甲高い滑車の音が、胸ふくらませた無気味な鳥の啼(な)き声を思わせた。

五時が告げられると同時に、軒蛇腹の上から人影が消え、翌日の仕事のかかりにそなえて、梯子だけが残された。あたりが急に冷んやりして、汗の臭いが薄れる。わめき声、ロープのすれる音、油の切れた心棒の軋み、汗で濡れた上体をぴしゃりと叩く音も聞かれなくなった。頭をそぎ落とされた館に夕べの訪れは早い。いつもならば、すでに引き倒された階上の手すりの弱々しい照り返しが壁に当たっている時刻に、館ははやばやと闇に包まれていく。ケレース神は真一文字にくちびるを結んでいる。館の部屋は初めて、鎧戸を下ろさず、瓦礫の山を眺めつつ眠ることになるだろう。

柱頭がいくつか不満げに草むらに横たわっている。アカンサス葉飾りが植物の素姓を明らかにしていく。一族らしい相手の様子に惹かれて、昼顔がイオニア式の渦巻装飾に向かって触手を伸ばしている。とっぷり日が暮れると、館はいっそう地図に近づいて見えた。高いところでまだしっかりと立っているドアの枠の蝶番がゆるみ、黒ずんだ板がぶらぶら揺れている。

2

そのときである。そこを立ち去らずにいたニグロの老人が奇妙なしぐさをした。舗石の墓地の上で、杖をひと振りしたのだ。

白や黒の四角い大理石が床めがけて飛んでゆき、地面を隠した。石もまた確かな狙いをつけて飛び、壁の穴を埋めた。飾り鋲のついたくるみ材の板がぴたりと枠におさまり、蝶番のねじはすばやく回転して、ふたたび穴にもぐり込んだ。殺風景だった花壇で、花にもたげられた瓦の破片が一つに合わさり、砂を巻き音たてて舞い上がったかと思うと、雨のように屋根の木組に降りそそいだ。館の影が大きくなった。ふたたびもとの姿に、衣裳を着けた慎ましやかな姿に戻った。ケレース神のくすんだ灰色が薄れる。噴水の魚がその数を増していく。ささめく水が忘れられていたベゴニアの花に声をかける。

老人は正面のドアに鍵を差し込んで、つぎつぎに窓を開けはじめた。靴音が虚ろにひびく。老人がランプに火を入れると、黄色いおののきが一族の肖像画の上をはしり、黒い衣裳を着た人々が、ココアのカップをかき回すスプーンで拍子を取りながら、あちこちの回廊でひそひそ囁きはじめる。

カペリャニアス侯爵家の当主、ドン・マルシアルは勲章で胸を飾り、溶けた蠟が流れる四本の大蠟燭に護られながら、死の床に横たわった。

3

蠟涙のかさがへり、大蠟燭が徐々に長くなる。もとの大きさに戻ったのを見て、尼僧が火を遠ざけてそれを消す。芯が燃えかすをはじき飛ばして白くなる。館から客人たちの姿が消え、馬車が闇の向こうに去っていく。見えないキーボードに触れ、ドン・マルシアルは目を開いた。

天井の梁(はり)があわてふためき、入り乱れながらもとの位置につく。薬瓶や紋織の総飾り、枕もとの護符や銀板写真、格子のかげになった棕櫚などが闇から浮かび上がってくる。医者がお手のものの沈痛な面持ちで首を振ると、病人はだいぶ気分がよくなった。数時間眠ってから目を醒ますと、眉毛の太いアナスタシオ神父の黒い瞳がのぞき込んでいた。罪過にみちた詳しくあけすけな懺悔が、隠しごとの多い、しぶりがちなものに変わっていく。このカルメル派の会士は、いったいなんの権利があって、他人のことに口を差しはさむのだろう？　ドン・マルシアルは突然、部屋のまんなかに投げ出されていた。こめかみの重苦しさが消えて、彼は驚くほど敏捷な動作で起き上がった。金襴のベッドで伸びをしていた裸の女が、ペチコートとブラジャーを拾い上げ、間もなく、皺になったシルクの服の衣ずれや香水の匂いを残して去っていった。扉を閉めて階下で待っている馬車のなかに、金貨の入った封筒が座席の鋲を隠すように置かれていた。

　ドン・マルシアルは気分がすぐれなかった。サイドテーブルの鏡の前でネクタイを締めなおそうとして、目が充血していることに気づいた。書斎へ降りていくと、館の競売の打ち合わせのために、裁判所の連中や弁護士、書記が待っていた。いろいろ手を尽くしたが、すべて不首尾に終わっていた。槌が振り下ろされると同時に、財産は残らず最高入札者の手に渡るはずであった。挨拶をすると、彼だけを残してみんな出ていった。彼は文字の不思議について考えた。清算書の金線入りの広い紙の上で、負債、誓約、提携、証言、申告、姓名、称号、日付、地所、山林、石材、等々にからんだりほどけたりしている、それらの黒い糸について考えた。インキから引き出された糸のもつれは、人間の足にからまり、法律からはずれた道へ踏み込むのを許さない。首に巻きついた紐のように、勝手気ままな言葉の恐ろしい音に気づくと咽喉を締めつけてくる。署名に裏切られた結果、彼はわずらわしい書類の山に埋れるのだ。

署名に縛られて、生身の人間からぺらぺらの紙の人間になるのだ。
食堂の時計が午後六時を打ったばかりだというのに、早くも東の空が白みはじめた。

4

ますます悔いの深まる喪の数カ月が流れた。最初、その部屋に女を入れるという思いつきは当然のことのように思えたが、しかし別の肉体への欲求は、徐々につのる不安によって置き換えられ、やがて、それは耐えがたいほどのものになった。ドン・マルシアルはある晩、肌に血がにじむほど強くベルトで自分を鞭打った。その直後にいっそう激しい欲望を感じたが、しかし永くは続かなかった。そのころのある日のことである。侯爵夫人がアルメンダレス河のほとりの散策から帰ってきた。馬車につながれた馬のたてがみは汗で濡れているだけであったが、低く垂れこめた動かぬ雲に気がたかぶるのか、それからずっと馬小屋の羽目を蹴りつづけていた。

日暮れに侯爵夫人の浴室で水のいっぱい入った壺が割れた。五月の雨でまたたく間に池があふれた。荒馬のように気性が激しく、ベッドの下で鳩を飼ったりしている風変わりなニグロの老女は、中庭を歩きながら呟いた。「河には気をつけなきゃ。真っ青な河の水には気をつけることだわ」雨の降らない日はなかった。しかしその雨も、あるとき駐屯軍司令官が催した祝賀パーティーから帰るころには、パリ仕立ての服にかかったカップの水に成り下がっていた。

ふたたび大ぜいの親戚の者が現われた。多くの友人が戻ってきた。大広間のシャンデリアが煌々と輝きだす。壁の穴がふさがっていく。ピアノがクラビコードに戻る。棕櫚の幹のまわりの輪の数がへっていく。昼顔がとっつきの渦巻装飾から離れる。ケレース神の目の下のくまが薄れ、柱頭はたったいま刻まれたかのような印象を与える。情熱を取り戻したマルシアルは、一日の大半を侯爵夫人を抱いて過ごした。目尻の小皺や頬のひきつり、顎のたるみが消えて、肌がもとの堅さに返った。そしてある日、塗りたてのペンキの臭いが館いっぱいにあふれた。

5

恥じらいからわざとらしさが消えていく。ついたての開きが夜ごと大きくなる。スカートを脱ぎ捨てる場所がますます灯から遠ざかり、ふたたびレースがじゃまをし始める。やがて、侯爵夫人はランプを消すようになり、暗闇のなかで話しかけるのは彼だけになった。

馬の尻や銀の馬銜(はみ)、エナメル革が陽に映える馬車をつらねて、二人はさとうきびの農園まで出かけた。ところが、住居のホールに飾られた赤いポインセチアのかげに立ったとたんに、彼らはこれが初対面のような印象を抱いた。オーデコロンや入浴用の安息香、戸棚から出して広げると石の床に落ちるたくさんの虫除け。それらが匂う毎日の無聊を慰めるために、マルシアルは土地の踊りや太鼓を披露させた。搾ったさとうきびの匂いが、鐘の音を伝える微風に乗って漂ってくる。地を掃くような風とともに雨がポツリポツリと落ちてきたが、その大粒の雨滴も、乾ききって金管楽器のような音を立てる瓦にたちまち吸われていく。ぎこちない抱擁の長い一夜が過ぎ、困惑も消え傷も癒えたところで、二人は町へ帰った。侯爵夫人は旅行服を花嫁衣装に替えた。しきたりにしたがって、夫妻は教会へ赴いて自由を取り戻した。親戚や友人に贈物を返し、ラッパの鳴りひびくなかを豪華な馬車を走らせて、めいめいわが家へ向かった。マルシアルはその後もしばらくマリア・デ・ラス・メルセデスのもとに通ったが、やがてある日、指環は金細工師の店に戻され、そこで彫りつけられた名前を消されてしまった。マルシアルにとって、それは新しい人生の始まりを意味した。高い窓格子の館では、ケレース神の彫像はイタリアのヴィーナスに置き替えられた。また、東の空が明るくなってもまだ灯の入っているランプに照らされて、噴水の怪人面の彫りがごくわずかながら盛り上がって見えた。

6

ある晩、酒を飲みすぎ、友人たちの残していった冷えたタバコの臭いで気分の悪くなったマルシアルは、館の時計がそろって、五時のあと四時半を、それから四時を、三時半を……打ったような、不思議な感じに襲われた。それはいわば、別のさまざまな可能性の予感であった。徹夜で頭がぼうっとしている者が、逆立ちして天井を、梁にしっかり固定された家具のあいだを歩き回ることができると、ふと思うときに似ていた。だが、それはほんの一瞬の感覚で、いまではあまり物を考えることをしない彼の心に、いささかの痕跡も残しはしなかった。

こうして彼が未成年に戻った日、音楽室で盛大な舞踏会が催された。彼はうきうきしていた。これで、自分の署名は法的な効力を失い、登記簿や公証役場は紙魚(しみ)とともにその世界から抹消される、と考えたからである。法廷というものが、法律によって無視された人間にとって恐ろしくもなんともなくなる時期に、彼はようやく達したのだ。芳醇なぶどう酒でほろ酔い機嫌になった若者たちは、螺鈿をちりばめたギターやサルテリオ琴、それに蛇笛を壁から取り下ろした。《チロルの牛飼い娘》や《スコットランドの湖》を奏でるオルゴール時計にねじを巻く者がいた。また別の男は、ガラス戸棚の赤いフェルトの上の、アランフエスから取り寄せた横笛と並んで、真鍮の先でとぐろを巻いていた狩猟用の角笛を吹いた。カンポフロリードの女を大胆にくどいていたマルシアルも、騒ぎの仲間に加わり、低い音でたどたどしく《トリピリ・トラパラ》を弾いた。そのあと一同は、上塗りが少しずつもとどおりになっていく梁の下に、カペリャニアス家の衣装やお仕着せがしまってあることを思い出して、どやどやと屋根裏へ上がっていった。樟脳が霜のように白く積もっている棚に、宮廷服や大使佩用の短剣、ある枢機卿の持ち物だった外套や胸甲付きの軍服、折り目にしみがある紋織のくるみボタンの礼服がのっていた。紫のリボンや張り骨入りの黄色いスカート、色褪せたチュニックやビロードの造花が、暗がりから浮かび上がって見えた。総飾りが一面についたマドリードの鍛冶屋の服がカーニバルの仮面の下から見つかったとき、みんなは歓声を上げた。カンポフロリードの女はお白粉をはたいた肩に茶のショールをはおった。おそらくそれは、祖母か誰かが、一家の運命が賭けられた大事な夜、クララ修道会の裕福な管財人の胸の火を掻き立てるために用いたものにちがいなかった。

若い連中は仮装して音楽室に戻った。市参事会会員の三角帽子をかぶったマルシアルが杖で三度床を打つと、腰に回した男の手が、雑誌『モードの園』の最新流行の型にしたがって作らせたコルセットの鯨骨に触れるという理由で、母親たちが良家の娘には絶対にふさわしくないと考えているワルツの踊りが始まった。部屋の入口は、このにぎやかなパーティーをひと目見るために、遠い納屋や蒸し暑い中二階から集まった馬丁と男女の召使いの黒い影でふさがった。やがて目隠し遊びや鬼ごっこが始まった。カンポフロリードの女といっしょに中国ふうの衝立の後ろに隠れたマルシアルは、うなじにキスをしたお返しに、ブリュッセル産のレースに胸のぬくもりが微かに残った、香水の匂うハンカチを与えられた。娘たちが夕日のなかを、海面に黒ずんだ灰色の影を落としている望楼や塔のほうへ遠ざかっていくと、若い男たちは、太い腕輪をつけた混血の女が踵の高い靴を飛ばしもせずに——動きが激しいが、グアラーチャ踊りはこうでなければならない——色っぽく尻を振って踊ってみせるダンスホールへ繰り出した。折からカーニバルで、アララ・トレス・オッホスの市参事会のお偉方がざくろの植わった中庭の塀の向こうで、賑やかに太鼓を叩いて騒いでいた。マルシアルとその仲間も負けじとばかり、テーブルや腰掛けの上に這い上がり、挑むようなツンとした顔で踊りながら肩越しにちらとこちらを見るとき、縮れ毛にすでに白いものが混じってはいるが、美しかった昔に返って欲望さえ感じさせるニグロの女のあでやかさに拍手を送った。

7

遺言の執行をゆだねられた公証人、ドン・アブンディオがひんぱんに出入りするようになった。彼はしかつめ顔で枕もとに腰を下ろし、アカナ樹のステッキで床をとんと突いた。まだその時間でもないのに起こされたマルシアルが目を開けると、公債や金利を忙しくかき込むせいで袖口がすれて光っている、ふけだらけのアルパカ地のフロックコートがそこにあった。やがて、あらゆる放埒を許さぬよう十分に計算された適当な額の年金だけが手許に残され、マルシアルは王立サン・カルロス神学校の門をくぐることを思い立った。

平凡な成績で試験をパスし、教室に通いはじめたが、しかし教師の説明は理解できなくなる一方だった。概念の世界は荒廃の一路をたどり、最初のうちは上衣や胴着、かつらや襟飾りが目をひく論客や詭弁家の賑やかな集まりであったものが、蠟人形館のように動きのない場所に変わった。やがてマルシアルは、さまざまな学説のスコラ的な記述に満足し、どのテキストに書かれていることも正しいと思うようにさえなった。博物誌の銅板には〈ライオン〉〈鯨〉〈ジャガー〉などの言葉が読み取れた。同じように、黒っぽいページの冒頭には〈アリストテレス〉〈聖トマス〉〈ベーコン〉〈デカルト〉といった名前があって、手のこんだ飾り文字に始まり、宇宙に関する解釈がうんざりするほど列挙されていた。マルシアルはしだいに勉学を怠るようになり、それとともに大きな重荷から解放された。陽気さと敏活さを取り戻して、物事についてはただ直感しか信じなくなった。明るい冬の陽射しが港の要塞の細部をくっきりと浮かび上がらせてくれるのに、なぜ、プリズムがあったらと考えなければならないのだろう？　木から落ちるりんごを見れば、それに歯を立てたくなるだけだし、浴槽に沈めた足は、所詮それだけのものだ。これでよいのではないか？　神学校を去った日、彼は書物のことを忘れた。地の精はただの鬼っころに戻り、妖怪はお化けとなった。また〈八雄蕊（オクタンドロ）〉は、背中の棘で身を固めた動物を意味するようになった。

彼はこれまでにも何度か、胸をドキドキさせながら足ばやに歩いて、市壁のかげに開いた青い戸の背後から声をかける女たちのもとに通ったことがあった。暑さのきびしい午後になると、縫取りしたスリッパをはき、バジルの葉を耳のあたりに挿した女の記憶が、歯痛のように彼を悩ました。ところがある日、立腹した聴罪僧にひどく叱られて、恐ろしさのあまり泣いてしまった。しまいには、地獄も同然のシーツの上につっ伏した。彼は、人通りの少ない街をうろつくのを断念しなければならなかった。伏目がちに歩いていても、向きを変えて香水の匂ってくる戸をくぐるのはいまだとすぐ分かるのだが、結局、あの石のひび割れた歩道をやり過ごして急いで館へ引き返すはめになる、いざという時の気後れとも縁切れになった。

いまや彼は、それなりの宗教的危機に直面した。そこには聖心の護符、仔羊、陶器の鳩、空色のマントの聖母、金紙の星、東方の三賢人、白鳥のような翼を広げた天使、驢馬（ろば）、そして牡牛がひしめいていた。また両肩のあいだに大きな穴があって、失せ物を捜すようによろめきながら夢に現われる、恐ろしい聖ディオニュシオスがいた。聖者がベッドに蹴つまずくと、マルシアルは仰天して目を醒まし、数珠へと手を伸ばした。油の壺から出ている芯に照らされて、陰気な画像がもとの色彩に戻っていく。

8

家具が大きくなった。食堂のテーブルに腕をのせるのが、ますます難しくなった。縁取りされた戸棚の幅が広がった。階段の回数徒モーロ人の像が背を伸ばして、踊り場の手すりにたいまつを近づけた。安楽椅子はいっそう深々とし、ロッキングチェアは後ろへ倒れそうな感じさえ与えた。大理石の環のついた浴槽に寝そべるのに、もはや脚を折ることもなくなった。

いかがわしい本を読み耽っていたある朝のことである。マルシアルは突然、木の箱のなかで眠っている鉛の兵隊と遊びたくなった。洗面台の下の隠し場所に本を戻して、蜘蛛の巣をかぶった引き出しを開けた。大ぜいの兵隊をのせるには勉強机は小さすぎる。マルシアルはじかに床にすわった。擲弾兵を八名ずつ整列させ、旗手のまわりに騎馬の将校たちを配置した。その背後に、大砲や砲腔掃除具や火縄ざおといっしょに砲兵を並べた。そして最後に、鼓手の一隊とともに横笛、小太鼓を置いた。臼砲にはばねがあって、ガラスの弾丸を一メートルほど飛ばすことができる。

「ドカン！……ドカン！……ドカーン！……」

馬が倒れた。旗手が倒れた。鼓手が倒れた。ニグロのエリヒオに三度声をかけられてやっと、彼は手を洗って食堂へ降りた。

その日からマルシアルは石の床にすわる癖がついた。この習慣にいろいろと利点のあることを知って、なぜもっと早く思いつかなかったのか、それを不思議に思った。ビロードのクッションなどに執着するから、大人はやたらと汗をかくのだ。ドン・アブンディオのように公証人くさい臭いのする者がいるのも、寝そべって大理石の冷たい感触をゆっくり楽しんだことがないからだ。一つの部屋のさまざまな角度や遠近を全体として捉えられるのも、床から眺めるときだけである。木目の美しさ、虫の秘密の通路、陰になった隅などは、一人前の男の高さからでは分からない。雨が降り出すと、マルシアルはクラビコードの下にもぐり込んだ。雷が鳴るたびに共鳴箱が震動して、あらゆる音を聴かしてくれる。パイプオルガン、松林を吹きぬける風、虫のマンドリン。延声記号の弧を描いて稲妻が空をはしる。

9

その日は朝から部屋に閉じこめられた。館じゅうなにやら人声がし、昼食がふだんの日にしては豪勢すぎた。並木の茂るラ・アラメーダ街の菓子屋のパイが、六つも添えられている。日曜日のミサのあとでさえ、せいぜい二つしか食べさせてもらえないのに。退屈しのぎに旅行の絵はがきを眺めていたが、ドアの下から洩れるざわめきがいちだんと大きくなったのが気になって、鎧戸のすき間から外をのぞいた。黒い服を着た男たちがブロンズの把っ手のついた棺桶を運んで来るところだった。泣きたいのをこらえていると、背高のっぽの御者のメルチョールが長靴を鳴らし、白い歯を見せながら部屋のなかへ入ってきた。二人は早速チェスを始めた。メルチョールが馬に、マルシアルが王様になった。床石を盤の目に見立てて、彼は一つずつしか進めなかったが、メルチョールは前に一つ、横に二つ飛んだ、またその逆に飛んだ目のところまで進むことができた。ゲームは、日がとっぷり暮れて、商工会議所の消防隊が通りすぎるまで続いた。

彼は起きぬけに病床の父を見舞い、その手にキスをした。侯爵は気分が良いのか、ふだんのもったいぶった様子でお説教を始めた。はい、パパ、いいえ、パパ、という合いの手が、ミサの侍者の声ではないが、数珠の玉を繰るように果てしなく続く質問にはさまった。マルシアルは確かに侯爵を尊敬しているが、その理由は誰にも見当がつかないだろう。それは、侯爵が背が高くて、舞踏会の夜になると、胸に勲章を飾り立てて外出するからである。そのサーベルや袖章が羨しいからである。クリスマスにアーモンドや干しぶどうの詰まった七面鳥を一羽たいらげて、賭けに勝ったことがあるからである。あるとき、円窓の部屋を掃除していた混血女の一人を捕え、鞭をくれるためだと思うが、抱き上げて居間へ連れ込むのを見たためである。カーテンのかげに隠れていたマルシアルは、間もなく前をはだけた女が泣きべそをかいて出てくるのを見て、いい気味だと思った。壁の棚に戻された菓子皿をよく空にするのは、この女なのだ。

父親は、神についで愛さねばならぬ、恐ろしくしかも寛大な存在であった。マルシアルにとっては神以上のものであった。その恩恵は毎日のように施され、手で触れることができたから。しかし、うるさく干渉されることが少ないので、彼は、どちらかと言えば天上の神に好意を寄せていた。

10

家具がさらに少し大きくなり、ベッドや戸棚や化粧台の下にあるものが他人よりもよく見えるようになったころ、マルシアルは誰にも打ち明けられない秘密を持った。御者のメルチョールの存在以外に、毎日の楽しみがなくなったのだ。神様も父親も、また聖体の祝日の行列で見かける金無垢の司教様も、メルチョールほど大事なものではなくなった。

メルチョールは、遠い遠い国から来た男である。征服された王家の血筋を引いていた。その王国には象やかば、豹やしまうまが棲んでいるという。そこの土地の人間はドン・アブンディオとちがって、書類が山と積まれた暗い部屋であくせく働いたりはしない。ただ、動物より利口なおかげで彼らは生きていけるのだ。火であぶった十二羽もの雁で隠した槍で突いて、青い湖から大きな鰐を引き上げた者がいるという。意味のない言葉が何度も繰り返されるので覚えやすい歌を、メルチョールはいくつも知っている。ちょくちょく台所の菓子をくすね、夜になると馬小屋の戸口から抜けだす。警察の連中に石を投げて、すばやくラ・アマルグーラ街の物陰に逃げ込んだこともあるそうだ。

雨の日には、台所のかまどのそばで靴を乾かす。あんな靴がはけるような足になりたい、マルシアルは本気でそう思った。右のほうはカランビン、左のほうはカランバン、という名前がついている。メルチョールは、口に二本の指をつっ込むだけで荒馬をしずめることができる。いつも自慢のシルクハットをかぶり、ビロードの服と拍車をつけたこの男はまた、夏時の大理石の床が冷たいことをよく心得ていて、大広間行きのお盆から失敬した果物やパイを、あちこちの家具の下に隠していた。マルシアルとメルチョールは、しめし合わせてキャンデーやアーモンドの秘密の隠し場所をこしらえ、そこを〈ウリ、ウリ、ウラ〉と呼んでは、顔を見合わせて大きな声で笑った。二人だけで館を上から下まで探険し、馬小屋の下に、オランダ製のフラスコがずらり並んだ小さな地下室があることや、また女中部屋の上の役に立たない屋根裏で、割れたガラス箱に入った十二羽の蝶の羽根が乾ききって、落ちてしまっていることなどを知った。

11

手当たりしだいに物をこわすようになったマルシアルは、メルチョールを忘れて犬に近づいた。虎斑の大きな犬、乳房が地に着きそうな猟犬、遊び相手には年を取りすぎているグレイハウンド、ある時期になると仲間にいじめられて小間使いにかくまってもらう、毛のふさふさした犬。館にはこれだけのものが飼われていた。

マルシアルは、とくにカネーロが気に入っていた。部屋から靴をかっぱらったり、中庭の薔薇の根を掘り起こしたりするからである。いつも石炭の粉で真黒に汚れているか、赤土をかぶっているかしている。仲間の食物をかすめ、わけもなくキャンキャン鳴き、噴水のまわりに盗んだ卵を埋める癖がある。また時おり、だしぬけに牝鶏を襲って鼻先で宙に放り上げ、産みたての卵の中味を吸ったりする。みんながカネーロを嫌って足蹴（あしげ）にした。ところが、カネーロが連れ去られると、きまってマルシアルが病気になった。慈善院よりもっと遠いところへ捨てられていた犬は、尻尾を振りふり意気揚々と帰館して、ほかの犬が狩猟に腕のあるところを披露したり、夜も寝ないで見張りを務めたりしても占めることのできない地位を、ふたたびわがものにした。

カネーロとマルシアルは、よく並んで小便をした。時には大広間のペルシャ絨緞をえらび、その獣毛の上にさまざまな形の黒い雲を描いて、それが徐々に広がっていくのをじっと見ている。罰としてサーベルで打たれるが、このお仕置きも、大人たちが信じているほど身にこたえない。それどころか、声を合わせて大げさな悲鳴を上げ、近所の人々の同情を集める絶好の口実にしてしまう。軒下に立ったやぶにらみの女が父を野蛮人呼ばわりするのを聞いて、マルシアルは目だけが笑っている顔をカネーロに向ける。彼らはいっそう声を張り上げて泣き、ケーキにありついて、すべてを忘れてしまう。二人は仲よく土を舐めたり、日向（ひなた）をころげ回ったりする。魚を飼っている噴水の水を飲み、バジルの根元に涼しい影と香りを求める。日盛りには、冷んやりとした花壇は人でいっぱいだ。そこにはまた、がに股に陰嚢が揺れている灰色の鵞鳥や、老いぼれて尻の羽根が抜けた牡鶏や、桃色のネクタイを頸からはずしながら〈ウリ、ウラ〉と鳴いているとかげや、牝のいない町に生まれてしょんぼりしている蛇や、フーボという灌木の実で穴をふさぐねずみが集まってくる。ある日、マルシアルは犬を見せられて声を立てた。

「ワン、ワン！」

彼は、自分にしか分からない言葉を喋りはじめた。完全な自由を獲得した。しきりに手を伸ばして、届かぬ遠いところにある物をつかもうとするようになった。

12

飢えと渇き、暑さと寒さ、それに痛み。マルシアルの知覚がこれら最小限のものに引き下げられるや否や、もはやどうでもよいことだったが、光の世界にも見放された。自分の名前さえ忘れてしまった。不愉快な塩といっしょに洗礼式が遠のいてゆき、嗅覚や聴覚、視覚すら必要としない身になった。彼の手はさわり心地のよい形をまさぐった。完全に、敏感な触覚だけの存在になっていた。外界は毛孔のすべてを通して入り込んでくる。彼は、巨人の影がぼんやりと認められるだけの目を閉じて、息絶えつつある、温かく湿っぽい肉のなかにもぐり込んだ。その肉は彼をすっぽり包んだと感じると同時に、生へ向かって動きだした。

しかし、いまでは時の流れはいっそう速められ、残された最後の数時間は厚みを失った。賭博師の指先であやつられるトランプではないが、一分一分がグリッサンドのような音を立てて過ぎてゆく。

鳥は羽毛を散らして卵に返り、魚もまた、うろこの吹雪が舞う池の底で凝って卵塊に戻った。棕櫚は扇子のように葉をたたんで地下に隠れた。草の菜は茎によって吸い込まれ、大地はそれ自身の上にあるものをすべて引き倒した。雷鳴が回廊でとどろいた。かもしか革の手袋に毛が生じた。毛布がほぐれて、はるかな遠い土地で羊のまるい背をすっぽり蔽った。戸棚、化粧台、ベッド、十字架、テーブル、鎧戸、すべてが闇に向かって飛び、密林のかげにそれぞれの古い根を探った。釘で留められていたものは、いずれもばらばらになってしまった。一隻の二本マストの帆船が何処からともなく現われて、床や噴水の大理石を急ぎイタリアへ運び去った。武器や蹄鉄、鍵や銅鍋、馬銜(はみ)などは溶けて金属の太い流れとなり、屋根のない回廊を伝って地面へ向かった。すべてが姿を変えて、原初の状態に戻った。土は土に帰り、館は消えて荒地だけが残った。

13

翌朝、職人たちが取りこわしを続けるために現場へ戻ってみると、すでに仕事は片がついていた。ケレース神の彫像は何者かによって運び去られ、宵のうちに骨董屋に売り払われていた。いちおう組合に訴えたあとで、職人たちはそろって市立公園へ行き、ベンチに腰を下ろした。するとそのうちの一人がひどくあやふやな口調で、五月のある日の午後、カラジュームの茂るアルメンダレス河のほとりで水死したカペリャニアス侯爵夫人の話を始めた。しかし、それに耳を傾ける者はいなかった。太陽が東から西へ動いていたからである。もっとも確実に死へと向かうものであるがために、時計で右回りに数を増していく時刻のけだるい歩みは果てしなく続く、と思われたからである。

夜の如くに

鼓直訳

御神は夜の如くに、行きたもうた。

——『イーリアス』第一書（呉茂一訳）

1

まだ闇のなかにある岬に囲まれた入江の水面がようやく青味を帯びだしたとき、見張りの吹く法螺貝が、アガメムノーン王によって派遣された五十隻の黒塗りの船の到着を告げた。この合図を聞きつけて、何日も前から脱穀場の牛の糞の上にすわり込んで待っていた男たちは、早速、小麦を浜へ運びはじめ、われわれは砦の壁まで船を引き揚げるウィンチの準備にかかった。竜骨が砂に触れたとき、船頭たちとのあいだで少々ごたごたがあった。これらミュケーナイの人々は、われわれが海の仕事にかけてはまったく無能であると聞かされていたので、水棹を振るって船に寄せつけまいとしたのである。いや、それだけではない。子供たちまでが浜に押しかけて、兵士らの股ぐらにもぐり込み、仕事のじゃまをした。船腹をよじ昇って、漕ぎ手らの腰掛けの下に隠されているくるみの実を盗もうとした。夜明けの澄んだ波の音が、甲高い叫びやののしり声、殴り合いのすさまじい物音に打ち当たって砕け、この騒々しい雰囲気のなかで、おえら方は歓迎の挨拶を述べる機会を失った。ともに戦うためにわれわれを迎えにきた者たちとの出会いに、もっと厳粛なものを、もっと盛大なものを期待していたわたしは少々がっかりして、いちじくの木――わたしは、女の脇腹のような感触に惹かれて膝で締めるようにして、よくその太い枝に登った――のあるほうへ引き退った。

すでに陽の当たっている山の麓まで船が引き揚げられるにつれて、最初のいやな印象はわたしのなかから消えていった。この印象は、おそらく、夜を徹して船を待った疲労から生まれたのだ。また明日、ほとんど陽が昇ると同時に、われわれとともに船に乗り込むはずの奥地の若者たち、やはりこの浜に着いたばかりの連中と飲みすごした酒が原因であった。壺や革袋や籠をかついで船のほうへ歩いていく男たちを眺めているうちに、わたしの意識のなかで戦士としての優越感がふくれ上がっていった。身内がほてるような誇らしさがわたしを捉えた。あの油、あの酸味を抜いたぶどう酒。とりわけ、あの小麦。それは、大船の群れつどう都へ向かう途中、初めて見る不気味な入江に泊まった船の、波に洗われる舳先で眠るわれわれのために、灰に埋められてパンとなるのだ。わたしも道具の助けを借りて振ったあの穀物が、いまやわたしのために船に積み込まれつつある。そして、当のわたしはこの逞しい筋肉を、とねりこの柄の槍を扱うのに慣れたこの腕を、ただ土の匂いを嗅ぐだけの人間たちにふさわしい仕事に使うことをまぬかれている。それが彼らにふさわしいのは、草をむしり、株を抜き、土を掻きならすという日々の営みのなかで、草をはむ生き物たちと同様に大地にかがみ込んで生きているにもかかわらず、このものたちの汗を透かしてしか大地を見ることがないからである。彼らは、この時刻になるといつも、強烈なシルフィウム草の匂いが漂ってくる遠い島々をかげらせた、あの雲の下をくぐり抜けることはないのだ。彼らは決して、われわれが包囲し、攻撃し、壊滅するために赴こうとしている、街路の広やかなトロイア人の市を知ることはないのだ。ミュケーナイの王の使者たちは何日にもわたって、プリアモス王の無礼な振る舞いについて語った。また、われわれのあいだの男性的な習慣をあざ笑っている彼の臣下の傲慢さがもとで、いつわが種族を襲うとも知れない悲惨な状況について語った。われわれは、いかなる種族にも引けを取らぬ剛勇で聞こえた長髪のアカイア人、すなわち、われわれにたいして投げつけられたイーリオンの連中の挑戦を知って、憤怒に体が震えるのを覚えた。さらに、スパルタのヘレネーの略奪を知って、われわれは怒りの声とともに拳を振り上げた。盾を壁に向かって投げ、手を高々と上げて誓い合った。使者たちは大きな声で、ヘレネーの目を奪うあでやかさ、しとやかな立ち居振る舞い、楚々たる歩みについて語った。革袋のぶどう酒を樽に移しながら、惨めな虜囚の境遇にあるヘレネーが耐えねばならない残酷な仕打ちを、ことこまかに語った。みんなの憤激が絶頂に達したその夜、五十隻の黒塗りの船の進発の予定が告げられた。鍛冶師の青銅の炉に火が入れられ、老婆たちは山から薪を運んだ。それから数日をへたいま、隊伍をととのえた船隊が眼下に展開している。逞しい龍骨。太腿に挟まれた男根よろしく、帆のあいだで休息しているマスト。この土地の人間は知らない見事な調教によって、波間をおどり越えてゆく駿馬と化したそれらの船を眺めるうちに、わたしは、この自分が馬主であるかのような錯覚を抱いた。あらゆる時代を通じてもっとも大きな事件が華やかに繰り広げられつつあるあの場所へ、それらの船は無事にわれわれを運んでくれるにちがいない。馬具職人の子であり、雄牛の去勢をなりわいとする男の孫。そのわたしに、船乗りたちの話によってその赫々(かっかく)たる光はわれわれのもとまで届いている、偉業の生まれつつある土地へ赴く幸運が与えられようとしているのだ。トロイアの城壁をこの目で眺め、勇名とどろく隊長らの命令にしたがい、スパルタのヘレネー救出という仕事のために、勇気と力を捧げるという、名誉が授けられようとしているのだ。この偉大な事業は、輝かしい戦いの勝利は、われわれに永遠の繁栄と幸福、そして誇りをもたらすにちがいない。わたしはオリーブの森の斜面から吹き下ろす微風を深々と吸い、まさしく理性の名の下に行なわれる、この義の戦いのなかで死ぬことの素晴らしさを思った。しかし、敵の槍に貫かれて死ぬかもしれぬという考えは、ただちに、母の嘆きを想像させた。家長であるが故に涙を見せずに報せを受けるにちがいない人の、より深い嘆きを想像させた。わたしは牧童たちの通う小路をたどって、町へと引き返した。たちじゃこう草の匂い立つなかで三匹の仔山羊が遊びたわむれていた。海辺では小麦の積み込みがまだ続いていた。

2

ビウエラの低音弦を掻き鳴らす音やカスタネットを打ち合わせる音がいたるところでし、間近に迫った船の出発を祝っていた。ラ・ガリャルダ号の水夫たちは自由な身分の黒人女を相手にサランベーケに興じ、その合間に、声のとぎれるところでは手拍子の入る、たとえば「若枝の娘」のような、誰もが知っている民謡をがなり立てた。ぶどう酒や油や小麦の積み込みが続けられ、遠い故郷へ帰りたくてうずうずしている、検査官付きのインディオの召使いたちもそれに手を貸していた。港へ出る道の途中で、いずれわれわれの従軍司祭となる男が、木製のオルガンの風箱とパイプを積んだ二頭の驢馬を追っていた。船隊の仲間に出くわすたびに、われわれは大仰に抱き合った。女どもが窓から顔を出してけたたましく笑い、大口をたたき合った。われわれはまるで別の種族の人間のように振る舞った。われわれが果たすべく生まれた偉業は、そこらのパン焼きや梳毛織人、また、尼僧の手で房飾りの施されたオランダ産のシャツを世帯持ちの女の集まる中庭で売っている、商人などのあずかり知らぬことであった。広場の中央で、総督付きの六人の喇叭手が真鍮の楽器を陽光に輝かせながら、フォリアの曲の演奏を始めていた。そしてそれに合わせて、ブルゴーニュふうの太鼓がとどろき、行列の怪竜の咽喉を思わせるトロンボーンが、誰彼なしに噛みつこうとするように咆え立てていた。

　父は牛や山羊の皮の臭いのする店にいた。鐙革を錐で刺していたが、ほかに気に掛かることがあって、仕事に身が入っていなかった。わたしの姿を見ると、平静をよそおいながら力なくわたしを抱きしめた。おそらく、わたしの小さいころの腕白仲間で、ボーカ・デル・ドラゴのインディオの矢に当たったクリストバリーリョの、恐ろしい死にざまを思い出したのにちがいない。しかし父は、船でインディアスへ向かいたいというのが、当節のすべての人間の心を捉えている狂気であること——それに惑わされる者は大勢、それに懲りる者はごくわずか、と多くの賢明な人たちが繰り返しているにもかかわらず——は知っていた。父は職人の仕事のうまみについて、また聖体の祝日の行列で馬具職人の組合の旗持ちを勤めることの名誉——危険な戦いのなかで得られるものに匹敵する名誉——について語った。鍋に入れるものにこと欠かず、櫃はつねにあふれんばかり、やがて安穏な老年を迎える。このことの大切さを熱心に説いた。しかし、外がますます騒然となり、わたしの心が分別のある言葉を受けつける状態にないことを、おそらく察したのだろう。父は穏やかにわたしの腕を取って、母の部屋のドアの前まで連れていった。それこそ、わたしのもっとも恐れていた瞬間だった。わたしの名前が拓務院の台帳にのっていることがみんなに露顕したとき初めて、息子の出立を知った人の悲嘆を前にして、わたしは涙をこらえるのに苦労した。一日も早く帰ることを祈って、母は船乗りの守護に当たられる聖母に願を掛けたという。わたしはそれに感謝して、母が誓えと言うことをすべて誓った。しどけない姿態で堕落の淵まで引きずり込まぬにしても、思慮の浅いキリスト教徒の心を大いに掻き乱すために、いよいよ迷いを深くするために、悪魔がまやかしのエデンの園に裸身をさらさせているあの土地の女を相手に、恥ずべき交渉は持たないと誓った。しかし、だんだん話し合っているうちに、水平線の彼方にあるものを夢みる者にいくら哀願しても無駄だと悟ったのだろう。母は悲しみにくぐもる声で、船の安全や船頭たちの腕について尋ねた。わたしはラ・ガリャルダ号の堅牢な造りや乗組員の優秀なことを、いささか誇張して語った。その舵取りはインディアスの海に詳しく、ヌーニョ・ガルシアの友人であると答えた。母を安心させるために、あの新世界のさまざまな驚異について話した。大鹿の爪や牛黄であらゆる病気は癒される。オメグアスという土地には黄金づくめの都があって、そこを通り抜けるには、よほど足の達者な人間でも二日はかかる。まだ征服されていない種族の住んでいる未知の国でひと旗揚げることができなくても、間違いなく、あの都にはたどり着けるはずである。話を聞き終わった母は軽く首を振って、インディアス帰りの連中の話はすべて調子のよい法螺である、と言った。アマゾーンや食人種のこと、バミューダ諸島の嵐のこと、貫かれれば立ちどころに命を落とす毒槍のことを語った。母は、わたしの景気のよい話に不吉な真実というやつを突きつけて来た。それで考えて、わたしは話題を高尚なものに移して、十字架を知らぬ多くの哀れな異教徒の悲惨な境遇を母に理解させようとした。その使徒に与えられたキリストの命にしたがうことによって、何百万、何千万の魂を改宗せしめることができるのではあるまいか。

われわれは国王の兵士であると同時に、神の兵士でもあるのだ。われわれの手によってインディオたちを野蛮な迷信から解き放ち、洗礼を施し、荘園に寄託する。その報いとして、わが国は不滅の栄光を与えられることになるだろう。ヨーロッパのあらゆる国々にまさる力と、富と、幸福を授かることになるだろう。この言葉に多少安心したのか、母はわたしの首にスカプラリオを掛け、毒を持った獣の咬傷に効くという膏薬を押しつけた。また、眠るときにはいつも、母がその手で編んでくれた毛の靴下をはくと、わたしに誓わせた。そしてこのとき、聖堂の鐘が鳴りはじめた。母はそれを聞いて、特別の日にだけ羽織ることにしている、縫取りの施されたショールを取りにいった。教会に向かう途中でわたしは気づいた。なんのかのと言っても、両親は息子が総督の船隊の一員であることを大いに誇りに思っているのだ。両親はふだんよりも賑やかに、晴れがましげに人びとに挨拶した。大義のために戦いに赴く勇敢な子を持つことは、喜ばしいことにちがいないのだ。わたしは港のほうへ目をやった。船への小麦の積み込みがまだ続けられていた。

3

二人の仲はまだ誰にも打ち明けていなかったが、わたしは彼女と将来を誓っていた。その彼女の父親が船の近くに立っているのを見て、わたしは、彼女はいま独りだな、と思った。そして、緑に塗られた窓がいつも閉まっている、陰気な船付き場――吹きつける風、打ち寄せる青い波、張りめぐらされている塩で銹(さ)びた鎖や環――から一番遠い家に向かって歩きはじめた。緑青を吹いたノッカーを鳴らすと同時にドアが開いて、わたしは風や波のしぶきとともに、霧のためにすでにランプのともされている部屋のなかに入った。フィアンセはわたしと並んで時代物の金欄を張った椅子に腰かけ、わたしの胸に頬を寄せた。いかにも諦めきった悲しげな様子が哀れで、わたしは彼女の目の奥をのぞく勇気がなかった。目に見えぬものを驚いたように眺めている、いつもそんな感じで、わたしの好きな目ではあったが。いままでは、部屋いっぱいに並んでいる奇妙な道具も新しい意味を持ちはじめていた。何ものかが観儀、磁石、羅針盤などにわたしを結びつけようとしていると思われた。また何ものかが、天上の梁に吊るされたのこぎり鮫、暖炉の横に広げられたメルカトルやオルテリウスの地図、それらに重なっている熊座や犬座や射手座で埋まった天球図などに、わたしを結びつけようとしていると思われた。ドアの下から忍び込んでくる風の鋭い音。それを押えるようにフィアンセの声がして、出発の準備の様子を尋ねた。二人に直接かかわりのないことに話題が移ってほっとしながら、わたしは同じ船でゆく聖シュルピス会の僧侶や修道士のことを話した。フランス王に代わって遠隔の地の領有を宣言する者によってえらばれた、紳士や農夫の敬虔さについて語った。大きなコルベール河について知っていることをすべて話した。その両岸には巨木が生い繁っていて、銀の苔としか言いようのないものが枝から垂れている。赤茶けた河の水が、さぎの大群で白く見える空の下を滔々(とうとう)と流れている。われわれの用意する食料は六カ月分である。小麦はラ・ベル号とレマブル号の最下甲板にあふれつつある。われわれは、メキシコ湾からチカグア地方にまたがるあの広大な密林地帯で、偉大な教化の事業を果たそうとしているのだ。そこに住んでいる人間たちに新しい技術を授けようとしているのだ。わたしの話を熱心に聞いているとばかり思っていたフィアンセが、びっくりするような激しい勢いで立ち上がった。そしてわたしを見据えながら、夜明けから町じゅうの鐘を鳴りひびかせているその事業には、称讃に値するものはかけらもない、と言い放った。彼女は昨夜、わたしが赴こうとしている海の彼方の世界のことを少しでも知りたいと思って、泣きはらした目で、取り出したモンテーニュの『エセー』の乗り物を扱った章のなかの、アメリカ大陸に関連のある事柄をすべて読んだのだそうだ。そしてその結果、スペイン人の裏切り、馬と臼砲を使って神々をよそおったその遣り口について知ったのだそうだ。フィアンセはいかにも若い娘らしい怒りに上気した顔で、あのボルドーの懐疑主義者が「われわれはインディオたちの無智と無経験につけ込んで、われわれの習俗につきものの背信、淫乱、貪欲、残虐へと彼らを誘ったのだ」と書いている個所を、わたしに突きつけた。怪しからぬ文章にたぶらかされたのだろう。信心深く胸に金の十字架を下げている若い娘が、新世界の野蛮人はわれわれの信仰のために彼らの信仰を捨てる理由を持たぬ、長い年月、それでこと足りたのだから、などと不敬なことをほざいた人間を正しいと言う。わたしには分かっていた。近ごろ評判の大事業とやらに加わって手っとり早く成り上がろうという、危険な目的を除いてはなんの理由もなく、長の年月、待てという身勝手な男。そして、たしかに魅力のある恋する乙女の、そんな男にたいする怨み。これ以外のものをあの過ちに見てはならないだろう。しかし、この見方が当たっていると思いながらわたしは、わたしの勇気にたいする不信、家名をあげることになる冒険への蔑視に深く心を傷つけられた。たとえばある地方を鎮定するといった、わたしの手柄がその耳に達すれば、国王陛下から貴族の称号を授けられるということも、まんざらありえないことではない。そのためには、この手で何人かのインディオの命を奪わねばならぬだろうが。戦いなくして栄光はありえない。まして、聖なる信仰のためである、犠牲を惜しむべきではない。しかし、いまや怨みは嫉妬に変わり、わたしのフィアンセはわれわれが寄港するサント・ドミンゴ島のことをみそくそに言った。彼女はまことに不適切な表現で、つまり「呪われた女の楽園」という言葉で、その島を呼んだ。無垢な乙女ながら彼女が、捕吏に監視され、水夫らの嘲笑を浴びながら近くの船付き場からカプ・フランセへ向かう女たちが、いかなる種類のものであるかを心得ていることは明らかであった。健康な男はある種の節制には耐えられぬと、何者かに、おそらく女中に教えられたにちがいない。それで彼女は、気力も萎える暑熱とエデンの園めいた裸身で聞こえた神秘の世界に、洪水や、嵐や、アメリカ大陸の河川に棲んでいる竜魚の咬傷などよりも、はるかに大きい危険を見てとったのだ。望んでいた睦まじい別れに代わる小難しい議論に、わたしはようやく苛立ちを覚えた。そして、わたしが女の小心さや勇気の欠如、浅知恵などを批難しはじめたとき、激しくドアを叩く音がして、彼女の父親の時ならぬ帰宅を告げた。わたしは裏手の窓から外へ跳び下りたが、幸い、市場にいる連中で抜け出したわたしに気づいた者はなかった。通行人も、漁師たちも、また午後もこの時刻になるとやたら目につく酔漢も、一人の男が立ち上がって大声で喚いているテーブルの周囲に集まっていたからだ。わたしは一瞬、オルヴィエト産の霊薬の行商人だと思ったが、じつは、男は聖地の解放を訴える行者であった。わたしは肩をすくめ、そのまま歩きつづけた。ずいぶん前のことだが、わたしもフルク・ド・ヌイイーという者が呼びかけた十字軍に加わろうとしたことがある。幸い、悪性の熱病にかかって寝ついてしまった。神のご加護と優しい母の膏薬で治ったものの、出発の当日は悪寒で震えていた。あの事業がキリスト教徒同士の戦いに成り下がったことは、周知のとおりである。十字軍の評判は地に落ちた。それに、わたしには考えなければならぬことがほかにある。

風はおさまっていた。フィアンセ相手の愚にもつかぬ口論でまだむしゃくしゃしていたわたしは、船を眺めるために港に向かった。すべての船は舷を接して船付き場に繋がれていた。ハッチは開かれて、道化師の服のように塗り分けられた船腹の奥に、何千袋もの小麦を呑み込んでいた。歩兵連隊の兵士たちが、仲仕の叫びや水夫長の笛の音、霧を裂いてクレーンの回転をうながす合図の声などが聞こえるなかで、のそのそとタラップを昇っていく。不格好な道具や恐ろしげな機械が防水布に包まれて甲板に積み上げられていた。時おり、アルミニウム製のウイングが舷墻の上でゆっくり回転し、やがて最下甲板の闇のなかに落ちていった。腹帯でぶら下げられた将軍たちの馬が、ワグナー好みの天馬のように、水槽の屋根の上を渡った。わたしは鉄製のタラップの高いところに立って、最後の準備を眺めていたが、突然、あと数時間、せいぜい十三時間もすれば、わたしもまた武器を持ってこの船に乗り込むのだと気づいて、胸を締めつけられるような切なさを覚えた。わたしは女のことを考えた。わたしを待っている節制の日々を思った。もう一度、別の肉体に快楽を求めることをしないで死ぬことの惨めさを考えた。フィアンセから接吻さえ受けなかったことにまだ腹を立てていたわたしは、一刻も早くという心の焦りで、飛ぶようにして踊り子たちのいるホテルへ向かった。クリストファーはすでにぐでんぐでんに酔って、女と部屋へこもっていた。馴染みの踊り子はわたしにしがみついた。泣いたり笑ったりしながら、わたしを誇りに思っている、軍服を着ると男前がいちだんと上がる、と言った。また、トランプ占いの女が敵前上陸のさいも無事だと請け合った、と言った。女は何度もわたしを英雄と呼んだ。この世辞とフィアンセの不当な言葉の、はなはだしい対照を意識しているかのように。わたしは屋上に出てみた。町にはすでに灯がともっていて、明るく光る点で巨大な建物の形がくっきりと浮き出していた。下の通りでは頭と帽子が蟻のように雑然と蠢いていた。

　夕暮れの靄のなかの建物のこの高い場所からは、男と女を見分けることは不可能であった。しかし、夜が明けてから間もなくわたしが船へ向かうのは、あの雑踏のなかの見知らぬ人間を生き延びさせるためである。わたしはこの季節には荒れている大海原を渡り、同胞の奉じる主義を護るために、砲火を掻いくぐって遠い岸に上陸をこころみるのだ。西欧の地図の上で剣が振るわれるのは、これが最後になるだろう。ともあれ、われわれは新しいチュートン族の秩序を打ちこわして、人間と人間が手を取り合ったあの待望久しい未来を誇らかに迎え入れるのだ。おそらく、わたしの物思いの内容の高尚なことを察したのだろう。女は震える手をわたしの頭においた。前のなかば開いたそのローブの下は、まばゆい裸であった。

4

　別の肉体の上でさんざん楽しみ、体の疲れを酒でごまかそうとした者のおぼつかない足取りで、わたしがわが家へ帰り着いたのは、数時間後には夜明けという時刻であった。空腹で眠かったが、同時に、間近に迫った出発がひどく不安であった。わたしは武器と革具を腰掛けの上にきちんと置いて、ベッドに倒れ込んだ。そして、そのときになって初めて、何者かが厚い毛布の下に寝ていることに気づき、わたしは飛び上がった。ナイフに手を伸ばそうとすると、燃えるように熱い腕で抱きすくめられた。その腕は溺れる人間のそれのようにわたしの首を探り、いかにもぬめらかな脚がわたしのそれにからんで来た。あられもない姿でベッドに忍び込んだ女がフィアンセだと知って、わたしは口もきけないほど驚いた。彼女はすすり泣きながら、夜を待って家を抜けてきたこと、犬に吠えられるのが怖くて駆けてきたこと、わたしの父の畑をこっそり横切ったことなどを語った。また、待っていたあいだの切なさと不安を訴えた。午後の愚にもつかぬ口論のあと、わたしを待ち受けているさまざまな危険や苦労を考えたのだという。そして、戦士の危険にみちた運命をどうすることもできぬことから生まれる、あの無力感に捉えられたのだという。それが多くの女性の場合、男に身をまかせるという形で現われるのだ。いざ出立というときに、それまで大事に守ってきた処女を犠牲にすることが、悦びを期待することなく、ただ他人の快楽のためにわが身を裂くことが、切開の儀礼の宥和的な力を持つかのように。愛する者の手の一度も触れたことのない純潔な肉体は、おののきのなかにえも言われぬ新鮮さを秘めている。不器用ながら過(あやま)たず、無垢ながら鋭い勘をそなえ、相手に合わせることを知っている。不可解なものの命じるままに、もっとも四肢の密着する姿勢を見出す。フィアンセの内気な恥毛がわたしの片方の太腿の上でこわばるのを感じた。わたしは彼女に抱きしめられながら、今日の放埒のなかに未来の心の安らぎを求めるという馬鹿げた目的で、うんざりするほど馴染んだ交合に体を消耗させたことへの怒りがつのるのを覚えた。あれほど願った同意がえられたというのに、もどかしげにおののく肉体の下でわたしはほとんど無感覚であった。快楽を秘めた新しい肉体の刺激を受けながら、わたしの若さも、あの夜ふたたび燃え上がる力を持ちえなかった、というのではない。ただ、身をまかせようとしているのは処女であり、男に触れたことのないその閉じた肉体は、ゆっくり時間をかけた、辛抱強い努力をわたしに要求するはずである。それを思うと、失敗を恐れる気持ちのほうが強くなったのだ。わたしは肩に優しく接吻しながら、フィアンセから体を離した。そして、取ってつけたような真面目な口調で、出発前の慌しさのなかで婚礼の夜の悦びを失うのは間違っている、と説いた。また、樹洞から緑がかった蜜を採ったり、石の下から蛸を引きずりだしたりすることを教える父親なしに育つ、子どもたちの哀れを説いた。彼女は大きな明るい目を闇のなかできらめかせながら、じっと聞いていた。しかし、わたしは気づいていた。隠れた本能の世界から生まれる怨みで苛立った彼女は、このような絶好の機会を与えられながら、物にすることもできず、道理や分別を持ちだす男を軽蔑しているのだ。彼女をベッドの上に投げ出し、獲物のように血を流させ、乳房を噛み、愛液にまみれさせ、しかしこの屈服のなかで、彼女を一人前の女にすることのできない男を軽蔑しているのだ——そのとき、浜辺で屠殺される牛の吼える声と、見張りの者の吹く法螺貝の音が聞こえた。軽蔑の念をはっきりと顔に出して、わたしのフィアンセは不意に起き上がった。いままでは体を隠して、触れることを許さなかった。しかし、それは恥じらいから生まれたしぐさというよりは、いったん手放しかけたものを引っこめる人間の態度に似ていた。そして、かえってそのために、わたしの欲望は急に目覚めたのだが、彼女は抱きすくめる余裕を与えず、窓から外へ跳び出した。オリーブの森をいっさんに駆けてゆく彼女の姿が見えた。わたしはその瞬間、失った人を取り戻すよりは、無傷でトロイアの城市に入るほうがたやすいだろうと思った。

両親に付き添われて船のほうへ下っていくころには、心のなかの戦士としての誇りは、嫌悪と虚無感と自分に対する不満の入りまじった、耐えがたい気分に取って代わられていた。やがて、船頭の棹によって船は岸から離され、漕ぎ手の列のあいだに帆柱が立てられた。それを見てわたしは、戦場へ赴く兵士たちの出発の前に許される馬鹿騒ぎと、したい放題と、祝宴の時は終わったことを悟った。花冠、月桂冠、各戸に用意された酒、弱い男たちの妬み、女たちのちやほや。そうしたものの時間はもはや過ぎた。これからは起床の喇叭、ぬかるみ、雨で濡れたパン、いばりくさった上官たち、油断のために流す血、腐った糖蜜のような臭いのする壊疽などの時なのだ。羊小屋へ向かう剪定職人ほどの真面目さも持ち合わせず、ただお勤めで戦場へゆく一人の老兵が、喜んで耳傾ける者を見つけるたびに教えていた。スパルタのヘレネーはトロイアでの生活に大いに満足している。パリスのベッドでたわむれるとき、その悦びのあえぎは、プリアモスの宮殿に寝起きする乙女たちの顔を赤らめさせるほどだと。噂では、トロイア人に辱められたレーダーの娘の痛ましい虜囚の生活にまつわる話はすべて、メネラーオスの同意をえて、アガメムノーンが広めた、戦いを起こすための単なる宣伝にすぎないという。事実、あの立派な目的をかかげた戦いの背後では、哀れな兵士たちにはなんの得にもならない、さまざまな取り引きが行なわれている。老兵の言うところによると、その狙いはより多くの陶器、織物、戦車競技を描いた壺を売ることにあるらしい。トロイアの競争をいっきに終わらせ、互いの品物の交換を望むアジア人のもとに達する、新しい交易路を開くことにあるらしい。小麦粉と人間を積みすぎた船はゆっくりと漕ぎ進められた。おかげで、わたしは、長いあいだ正面から陽を受けている町の家々を眺めることができた。涙があふれそうだった。わたしは冑を取り、その前立てのたてがみのかげに顔を隠した。じつは、そのたてがみを円くそろえるために、わたしは非常に苦労したのだ。腕のよい職人に武器を注文することができ、このいま、はるかに大きくて脚の速い船で航海しているにちがいない者たちの、あの見事な前立てに似ていないだろうか、これは。

聖ヤコブの道

鼓直訳

1

太鼓を二つも抱えて――自分の持ち物は左の腰にぶら下げ、トランプの賭けで巻き上げたものは肩にのせ――スヘルデ川に沿って歩いていたフアンは、港に着いてロープで岸壁の杭につながれたばかりの、一隻の船に気を惹かれた。帽子のつばからはみ出た皮を音もなく濡らす日暮れの小雨のせいで、なにもかもがぼんやりと霞んで見える。そこから少し下った、いまでは厩舎(きゅうしゃ)に使われているルーテル教会のわき、そこで焜炉(こんろ)という焜炉から煙を立ちのぼらせている馴染みの酒保商人の屋台であおったブランデーや、ビールのせいでもあるのだろうが。それにしても、この船のまわりにはひどく陰気な気配が漂っている。悪運の神の口から洩れる息ではないが、縦横にはしる運河に立ちこめたガスまでがその奥から湧いてくるとしか思えない。帆はすすけたぼろ布でつくろわれ、ロープはささくれている。帆桁に苔がはえ、掃除はこれからという船腹に枯れた海藻がつづれのように張りつき、垂れ下がっている。暗い岸壁のあいだによどんだ水の冷たさに触れたとたんに腐りはじめ、褐色やどすぐろい緑に変色した、はるかな海の藻。貝がそれにまぎれるように、星や、ピンクの薔薇や、石膏の貨幣めいた模様をあちこちに描いている。水夫らは疲れきっているのだろう。壊血病に苦しむ病人のように、頬がこけ、目が落ちくぼみ、欠けた歯が目立つ。桟橋まで引いてきた小舟のロープをついさっき投げ返した水夫らの顔にも、居酒屋にあかあかと灯のともるのを見る喜びなど、これっぽっちも認められない。嵐のおりに神を呪った覚えでもあるのか、船も、水夫も、いちように深い悔いに包まれている。げんに、ロープを巻いたり帆をたたんだりしている連中の動作にも、もはや二度と陸地を踏むことのない罪人のような、投げやりなものが感じられる。そのときである。ハッチの一つが不意に開いて、アントワープの夕べの空にパッと日が射したように、まわりが明るくなった。半分に切った樽に植えられ、背こそ低いが鈴なりに実をつけたオレンジが、薄暗い下の甲板からつぎつぎに現われ、上甲板にずらりと並んで高い香りを放ちはじめたのだ。見事な実で飾られたそれらの木が引き出されたおかげで、暮れ方のあたりの様子が一変した。果汁や胡椒、肉桂などの匂いで頭がぼうっとなったフアンは、肩にのせていた太鼓を地面に下ろし、またぐような格好でそれに腰かけた。公爵の恋狂いは、どうやら噂だけではないらしい。アルバ家の者だけがモルッカ諸島やインディアスの領地、ホルムズの土侯国などから思いのままに運ばせうる高価な贈り物を、ねだってばかりいるという囲い者の贅沢三昧が評判である。背こそ低いが鈴なりに実をつけたこれらの木も、おそらく、回教から改宗したモーロ人――見事な果樹を仕立てる腕にかけては、彼らに及ぶ者はいない――の畑で育てられ、あの女の屋敷の鏡の廊下を飾るために、嵐や敵船の襲撃をしのいで、はるばるここまで運ばれてきたものに相違ない。囲い者はいかにもフランドル者らしい肌に紅をさすのに、オリエントの目のこまかい珊瑚の粉を使っているという。さかんに航海が行なわれ、さまざまな珍奇な品物がもたらされるので、女たちも長いあいだ珍重してきた化粧品では飽きたらず、デンマーク産の品やモスコビアのバルサム香、新種の花のエッセンスなどをねだる当節である。めあてが鳥ならば、無作法なことを喋りちらすインディアス産のおうむを欲しがり、犬ならば、やさしいただの小犬では満足できずに、鷲頭の怪物グリュプスめいた狆（ちん）か、ベルベル人ふうに長く刈りそろえて色リボンを結べるほど毛のふさふさしたものを飼いたがる。だから兵隊たちのなかには、サモラ生まれの酒保商人が売る安酒が頭にきて舌が軽くなったのか、公爵のアントワープ滞留が延び延びになり、幕営もすでに冬から春に及んで、いまやその春さえ終わろうとしているのは、古代の人々が伝える海の精セイレーンではないが、帆柱に見立てられるリュートの棹を越えて聴こえる甘い声に、耳ふさぐ決心がつきかねているからだ、などと口走る者がいた。その一人が、ついさっき、はるばるナポリから軍隊のあとを追ってきた飲んだくれの皿洗い女に大きな声でやりこめられていた。「なにが海の精よ！　女の髪の毛には大象もつながるって、昔からよく言うじゃないの！」フアンはそのあとは聞かなかった。公爵の召使いがそこらに立っていて、いまの話を告げ口することを恐れ、飲み食いの代金もおかずに酒保商人の屋台を離れる兵隊たちにまぎれて、その場を去ったからである。しかし、任官したての少尉の指揮の下に陸に揚げられたオレンジの木を、こうして目の前にしたいま、有無をいわさぬ証拠を突きつけられたように、あの女の言葉が脳裏に甦った。すでに幌付きの輜重車（しちょうしゃ）が到着して、それらのずんぐりした木を積みこもうとしている。フアンは急に空腹を感じて、モツの煮込みを食うか牛の蹄（ひづめ）をかじるかしたくなり、トランプで巻き上げた太鼓をふたたび肩にのせた。そのときである。彼は、瘤（こぶ）のできた体のあちこちから膿を吹いている尾のすり切れた一匹の大ねずみが、ロープを伝って陸に下りようとしているのに気づいた。

彼はあいている手で小石を拾い、腕をふり回して狙いをつけた。ねずみは桟橋までたどり着いて、見知らぬ町に上陸して民家の位置を確かめるよそ者のように、その場に立ち止まった。そして、小石が背中をかすめて飛び、地面にはじき返されて運河の底に落ちていくのを見ると、現在はまぐさ置き場になっているが、火あぶりにされた牧師らがかつて住んでいた屋敷めざして走り出した。しかし、このできごとはそれっきり忘れて、フアンはサモラ生まれの酒保商人の屋台へと引き返した。そこでは中隊の兵隊たちが皿洗い女へのいやがらせで、彼女の生まれた村の女は、とんだ食わせ者の生娘で、尻軽女房で、遣り手婆だ、という歌を声をそろえて歌っていた。ところがちょうどそのとき、背の低いオレンジの木を積んだ車がわきを通りかかって、急にみんなは静かになった。女のぶつぶついう声と、まるで魔王バアルゼブブの哄笑のようにルーテル教会にひびく種馬のいななきだけが、その静寂を破って聞こえていた。

2

イタリアから来た連中のあいだでは珍しいことではないので、最初は、病気は横根だろうと思われた。しかし三日熱でもなさそうな病人があちこちに出、中隊の五人の兵隊が血を吐いて死ぬのを見て、フアンもようやく不安を抱きはじめた。胡桃(くるみ)を並べたようになってはいないかと心配しながら、彼は四六時中、梅毒の膿(うみ)がたまってはれ上がるという股のぐりぐりに手をやった。外科医は、空気中に水分が多いせいか久しくフランドルでは見かけない病気の名前を口にするのをためらっていたが、ナポリ王国をあちこちしたことのあるファンは、やがて、これは性(たち)の悪いペストにちがいないと見当をつけた。事実、それから間もなく、例のずんぐりしたオレンジの木を積んできた船の水夫はすべて床につき、ラス・パルマスの空気を吸ったときを、しきりに呪っているという話を聞いた。あの土地では、アルジェから引き取った捕虜が運んできた疫病のために、まるで雷に打たれたように、大ぜいの人間が道ばたに倒れて死んでいきつつあるという。災厄への不安をあおるように、中隊が駐屯している町の一画はねずみであふれていた。ファンは、不吉な予告のような、あのしっぽのすり切れた不潔な大ねずみの姿を思い出さずにはいられなかった。惜しいところで狙った小石がそれてしまったが、あれは中庭を駆け回ったり、倉庫に忍びこんでこの河岸一帯のチーズをかたっぱしから食べたりしている大群の、いわば旗持ちか異端の牧者のような存在にちがいない。兵士のファンが部屋を借りている、どうやらルター派の信者らしい漁師は、毎朝のように、にしんが半分かじられ、えいのしっぽがどこかへ消え、やつめうなぎが骨だけになっていて、しかもうなぎの生簀(いけす)にあの不潔な生き物がただの一匹も腹を上にして浮いていないのを見て、ひどく腹を立てていた。蟹か、あるいはムール貝でもなければ、傷ついた膿だらけのあのねずみの大群のすさまじい飢えから身を守るのは、とうてい無理だろう。いずれモルッカ諸島あたりから渡ってきたのにちがいないが、連中は胸甲や鞍をかじり、中隊付きの司祭がまだ聖別していないパンを汚したりさえしている。水びたしの山の牧草地から吹きおろす冷たい風に震え上がった兵士のファンは、寝泊まりしている屋根裏部屋のベッドに身を投げだして、思わず呻(うめ)いていた。胸が灼けるように熱い。横根が痛む。このまま死ぬことになるのかもしれない。しかしそうなっても、それは当然の報いだ。主をたたえる歌の勉強を中途でやめて、軍隊の鼓手などになったのだから。この仕事は、聖歌を唱えたり四学をまなんだりするのとは大ちがいである。村の若者たちが聖体の祝日などで賑やかにやっている、棹鼓(サンボンバ)と呼ぶ子笛だけの音楽、まああれに近い。その代わり、太鼓と二本の革紐さえあれば、喇叭(らっぱ)や横笛と並んで行進の拍子を取りながら、ナポリ王国からフランドルにかけて、いろんな土地を見ることができた。ともあれ、坊主や聖歌隊の先唱者になる気がなかったせいである。運がよければ将来、アルカラでシルエロ師の教えを受ける身にもなれたはずなのに、徴募係の大尉のすすめに従ったとは。あの男は、この手に八レアル銀貨三枚をにぎらせて、軍隊に入れば、飲む、打つ、買う、なんでもしたい放題だ、と言った。だが、広く世間を渡り歩いたいまでは、母に、さんざっぱら悲しい思いをさせたわがままが、およそ愚にもつかないものだったことを知っている。三度の戦いで、雷鳴にも似た臼砲の音に負けじとばかり突撃の合図を打ち鳴らしたことも、いまとなってはまったくなんの意味もない。こうして、この屋根裏で死を迎えようとしているのだから。緑色のガラスがはまった大窓が、鈍い太鼓の音に歩調を合わせて進む巡察隊のたいまつの光で、陰気に映えている。それにしても、じつにまずい叩き方ではないか。ホップ入りの血が流れているあのフランドルの男たちは、どうやってもうまく拍子を取ることができないらしい……。じつを言うと、フアンが燃えるような胸やはれ上がった横根の苦痛をこんなふうに訴えたのは、こうすれば神様も、自分で勝手に病気だと思いこんでいる男を憐れんで、ほんものの病人に仕立てることだけはお控えくださるだろうと思ったからである。ところが不意に、激しい悪寒が背中を走った。彼は長靴もぬがずにベッドに横になって、毛布をかぶり、さらにその上に羽根ぶとんを掛けた。しかし、そのときの彼が必要としていたのは、一枚の毛布や羽根ぶとんではなかった。年老いたソロモン王は若い娘の肉体にそれを求めたというが、ぐあいのおかしくなったフアンの体がぬくもりを得るためには、中隊全部の毛布と羽根ぶとんが必用だったのだ。呻き声を聞きつけて上がってきた漁師は、激しく震えている彼を見ると恐怖の表情を浮かべて後ずさりし、ねずみがうようよしている階段をころがるように駆けおりた。そして大きな声で、この家に病人が出た、聖職や免罪符の売り買いに精出しているカトリック教徒に下された、これは恐ろしい天罰だ、とわめきたてた。蒸気をすかしてファンの目に、ゆるめたバンドの下に手を差しこんで鼠蹊部をさぐる外科医の顔が映ったが、やがて、激しい連打にもかかわらず妙に鈍い太鼓の音が不意に鳴りひびいて、思いがけないアルバ公爵の到着を告げた。

公爵は一人で、お供を従えていなかった。黒い衣装をつけ、半白の髭のうしろに当てをきつく締めているのが、はねた首を白い大理石の大皿にのせて差し出しているように見えた。ファンは必死でベッドから起き上がり、一兵卒らしく不動の姿勢をとろうとした。しかし、客人はその体をおおった羽根ぶとんの上をひらりと越えて、反対側の、陶器の瓶がいくつか置かれているわら編みの腰かけに座った。瓶は落ちもせず割れもしなかったが、ユダヤ教会に漂う香煙のように、ジンの匂いが部屋じゅうに広がった。外では、病人の歯をガチガチいわせている同じ寒さで音階の一つ一つが震え上がっているのか、およそ調子っぱずれな、狂った喇叭の音が騒然と聴こえていた。アルバ公爵は、ルター派の新教徒を容赦なく焼き殺すというあの恐ろしげな表情を少しもゆるめずに、ぴったりした胴着をふくらませていた三個のオレンジを取り出した。そして曲芸師そこのけの鮮かな手つきで、髪をローマふうに刈りこんだ頭ごしにお手玉をしはじめた。ファンは世間の誰も知らないその巧みな芸に喝采を送り、ついでに、イスパニアの獅子、イタリアのヘーラクレース、フランスの笞、という賛辞を公爵に捧げようとしたが、しかし言葉にならなかった。突然、篠つくような雨が屋根瓦を叩きはじめた。通りに面した窓が風にあおられて開き、灯が消えた。そしてファンの目に、風に乗って外へ出てゆくアルバ公爵の姿が映った。公爵のほっそりとした体が窓の敷居をまたぐさいに繻子(しゅす)のリボンのようにくねった。そのあとを追う帽子がわりに漏斗(じょうご)をかぶったオレンジが蛙よろしく四本の足をぬうっと出し、皮いちめんに皺を寄せて笑った。胸もあらわな一人の貴婦人が、スカートをまくって腰張りの針金の下に隠れていた尻をむき出しにし、リュートの棹(さお)にまたがるという格好で、屋根裏を越えて中庭から通りへと飛び去った。家全体を震わせる風が恐ろしげな人影をどこかへ運び去ったあと、恐怖のあまりなかば気を失いながらもさわやかな空気を求めて窓ににじり寄ったファンは、空が雲ひとつなく晴れ渡っていることを知った。去年の夏以来はじめて見るはずだが、天の川が夜空に白く流れていた。

「聖ヤコブの道だ！」と兵士のファンは呻(うめ)くように叫び、板張りの床に突きたてられて柄が十字のしるしを描いている剣の前にひざまずいた。

3

巡礼は筋ばった手に杖をにぎり、フランス領内の街道を進んだ。美しい貝殻が皮に縫いつけられたありがたいケープと、小川の水だけを入れたふくべが目立つ。巡礼帽の垂れ下がったつばのあいだから、長い無精髭がのぞき始め、サージの服もあちらこちら糸がほつれている。その下の慎ましく粗末なサンダルは、パリの土を踏んでも居酒屋の床石に触れてはいない。また、クリュニー派の僧院を遠くから望んだときは別だが、サンティアゴへの道から一歩もそれたことはない。日が暮れると、ファンはその場で夢を結んだ。信心深い人々が争って宿をすすめてくれた。しかしフアンは近くに僧院があると知ると、かならず、少しばかり足を伸ばしてお告げの鐘の鳴る時刻にそこへ着き、格子から顔をのぞかせる修道僧に宿を乞うた。そして巡礼のしるしの貝殻にくちづけを受けたあと、アーチの門をくぐって客部屋に落ち着き、いささか時期の早すぎる感があったがフランドルからセーヌ河までその背を叩きつづけた雨と、病気で痛めつけられた体を堅い石のベンチの上で休めた。翌朝は、せめてロンセスバリェスの峠までという気のあせりで、早立ちした。そこへ着けば、同じ血の流れる人々の土地へ来たというだけで、疲れが少しは軽くなるように思ったのだ。ツールでドイツから来たという二人の巡礼といっしょになり、身ぶり手ぶりで話をした。ポワティエの聖ヒラリウス施療院でさらに二十人の巡礼と出会って、刈り取りの終わった麦畑をあとに、熟れたぶどう畑を眺めながら打ちそろってランド地方へと旅を続けた。秋の畑仕事がすんだとはいうものの、この土地では季節はまだ夏である。太陽は、しだいに密になっていく松林のこずえの上をゆっくりと動いている。通りすがりにぶどうを摘んで食べるとき、また、草いきれと木蔭の涼しさにつられてその度ごとに長くなるお昼の休みに、巡礼たちは歌をうたった。フランス人らはその歌のなかで、聖ヤコブへの誓いを果たすためにあとに残してきたさまざまな楽しみを語った。ドイツ人らは、はっきりしないドイツ語なまりのラテン語をがなりたてた。「ゴット・サンクティアグ・ヘル・サンクティアグ!」そしてフランドルの連中はもっとよく調子の合った声で、フアンが考えて節をつけた聖歌をうたった。「キリストの兵士よ、聖なる祈りもて、皆を逆境より守りたまえ」

こうして、八十人を超える巡礼は隊伍を組んでのんびりと旅を続け、やがてバイヨンヌの町に着いた。一行はその施療院に落ち着いて、蚤(のみ)をつぶし、サンダルに新しい紐をつけた。また、たがいに虱(しらみ)の取りっこをし、多くの者が、道ばたのほこりのために痛めた脂だらけの目の治療を受けた。建物の中庭の光景は悲惨そのものだった。疥癬の跡を掻きむしったり、手足の切り口をむき出しにしたり、傷口を天水桶の水で洗ったりしている連中であふれていた。フランス王にさすってもらっても治らなかったという瘰癧の病人。あの大男アダマストルの巨大な陽物のようにふくれ上がった下腹の苦痛をやわらげるために、ベンチに馬乗りになっている者。巡礼のファンは、治療を受ける必要のない、ごく少数者の一人だった。日射しのきついぶどう畑を歩いているときに厚地の服のせいで流した汗とともに、悪い体液は抜けてしまったらしい。松林から漂ってくる高い香りや、時おり潮の香りを運んでくる風のおかげも、もちろんあった。多くの巡礼が渇きを癒してきた井戸から汲んだ桶の水を浴びたとたんに、ファンは甦ったような陽気な気分になり、アドゥール川の近くまで出かけて壺いっぱいのぶどう酒をあおった。頭や腕を濡らすのは、この数週間なかったことだ、あとで風邪をひく心配もある、これくらいのことは許されるだろう、と考えたのだ。施療院へ戻ったとき、ふくべの中味はもはや水ではなく、強い赤ぶどう酒に変わっていた。ゆっくりそれを楽しむために、彼は前廊の柱にもたれた。いつものように、空には聖ヤコブの道が白く流れている。しかし、酒で気分がうきうきしているファンは、犯したかずかずの罪に対する恐ろしい警告としてペストが彼の身に迫ろうとしていたあの夜とはちがって、天の川も目に入らなかった。大使徒がエルサレムでつながれた鎖にくちづけるために旅立つという約束を、確かにした。だが、こうして体をやすめ、水浴もすませて虱の数がへるだけ杯を重ねたいま、彼は、自分を苦しめたあの熱は果たしてペストのものであったのか、またあの悪魔のまぼろしは熱のしわざではなかったのか、と疑いはじめた。しかし、横で眠っている、顔の半分がはれ上がった老人の呻き声は、即座に、誓いはあくまで誓いであることを彼に思い出させた。ケープの頭巾をすっぽりかぶった彼は、心中ひそかに考えて喜んだ。自分は元気な体であそこへ行けるが、ほかの連中は、さんざん苦しんで治癒の望みもはっきりしないまま、フランシーナ門のアーチの下にひざまずかねばならないのだと。すっかり元気を回復した彼は、アントワープの女たちを思い出して愉快な気分になった。肉づきのよい彼女らは、やせて子山羊のように毛深いイスパニア人をひどく好いていて、仕事にかかる前に彼らを広い膝の上にすわらせ、巴旦杏(はたんきょう)入りの練粉のように白い腕で胸甲をはぎ取ったものだ。巡礼はこれから先、その杖の釘にぶら下げたふくべにはぶどう酒しか入れないことだろう。

4

フランスからの道を旅してブルゴスに入ったとたんに、巡礼は市に出くわし、賑やかな騒ぎのなかに投げこまれた。フライパンの果物から立ちのぼる煙を見、焼串の肉、パセリ入りのモツ料理、ソースなどの匂いを嗅いだとき、まっすぐに聖堂へ向かうという殊勝な気持ちはどこかへ消しとんでしまった。どっしりした塔が両脇にひかえた巨大な門のそばにみすぼらしい店をかまえている歯の欠けた老婆が、気前よく味見をすすめた。食べ物のあとは、居酒屋のものより値の安い、らばの背に積まれた革袋のぶどう酒の番であった。やがて雑踏する見物人のなかに巻きこまれた彼は、大男から曲芸師の前へ、また絵巻を売っている男の店から、悪魔の子を身ごもり豚を産んだというアルセマスの女の恐ろしい物語を、極彩色の図を使って講釈している男のところへと運ばれていった。血の流れるのが見えないように患者に真赤な布をかけ、悲鳴が聞こえないように助手に太鼓を撥で叩かせているくせに、少しも痛みを感じさせずに虫歯を抜いてみせる、と高言している者がいるかと思えば、ボローニャの石鹸やしもやけを防ぐ塗り薬、万病にきく薬草の根や竜血などを売っている者がいた。例のごとくパンを揚げる賑やかな音がし、調子っぱずれなチャルメラの音が聞こえるなかで、胴着と頭巾すがたの犬がまるで人間のように後ろ脚で立って歩き、哀れな足なえの主人のためにお金を集めて回っていた。人ごみにもまれるのに疲れた巡礼のファンは、あるベンチに陣取った一団の盲人たちの前で足を止めた。彼らは、アメリカ産の女面鳥身の怪物ハルピュイアの驚異をうたい、深い山奥や連なる砂漠の果てに不潔な巣をかまえた獅子と、鰐の恐ろしさを語り終えようとしているところだった。

大枚の金を払って
ハルピュイアを買い取った男は、
ヨーロッパへ戻ってきた。
マルタでいったん船を下りて、
そこからさらにギリシアへ渡り、
コンスタンチノープルをへて
トラキアを旅して回ったが、
しかしこの土地でハルピュイアは
食べ物を受けつけなくなり、

呻(うめ)き苦しんだあげく
二、三週間後に息絶えた。

(声を合わせて)
恐ろしい自然の怪物、
ハルピュイアもかくて果てた。
すべての怪物は死ぬがよい、
生まれ落ちたその時に。

うしろで聞いていた連中はお金を出すのを嫌って、ずるがしこい彼らの生まれを悪しざまにののしる盲人たちを尻目に、すばやく去っていった。ところが、そこから少し離れて、モーロ人が肉屋に変装してクエンカに侵入した事件を演じている人形芝居の前で、別の盲人たちにつかまった。ファンも、やっとアメリカのハルピュイアから逃れたと思ったら、ピサロのペルー征服以後、ここまでその噂が伝わっているハウハの島へ流れついていた。こちらの歌い手たちの声は、それほどしゃがれたものではなかった。一人の男がうまず女(め)にきく祈禱で客を呼んでいる横で、黒い帽子をかぶった大柄な盲人――みんなの頭(かしら)だと思われる――が、長い爪でギターを掻き鳴らしながら、最後のくだりを語っていた。

すべての家に、金銀で

しつらえられた庭があり、
その豊かさや豪勢さは
目を見張るものがある。
庭の四隅に立っている
四本の高い糸杉。
第一の木は、しゃこ、
第二の木は、七面鳥、
第三の木は、うさぎ、
第四の木は、知を産む。
それぞれの木のかげには、
八エスクード金貨で、
あるいは四ドブラ金貨で
あふれた池がある。

ここまで来ると盲人は、節をつけて語るのをやめて軍隊の徴募係のような口調になり、幟(はた)のようにギターを高々とかざしながら、市のすみずみにまで通る声で締めくくった。

いざ騎士らよ!

いざ哀れなる郷士らよ！
貧者らよ、すべての悩める者よ、
これぞ吉報！　喜ぶがよい！
この珍奇なものを見るため
かの地に赴こうとする者は、
今年は十艘もの船が
セビーリャの港を発って……。

今度も聴衆は、歌い手たちの悪口雑言を浴びながら、こそこそとその場を離れていき、ファンは、インディアス帰りのいかさま師がいかにも大仰な身振りで、クスコから運んできたわら詰めの二匹の鰐を売りつけようとしている路地の突き当たりへ押しこまれた。男は肩に猿をのせ、左手におうむを止まらせていた。彼が大きな桃色のほら貝を吹くと、聖餐劇の魔王ルシフェルにそっくりな黒人の奴隷が赤い箱から現われて、屑真珠でできた首飾りや頭痛にきくという石、たばねたビクーニャの毛や真鍮製の耳飾り、その他ポトシから来た安物を売りつけようとした。黒人は異様にとがった歯をのぞかせ、刃物の傷跡がある頬を引きつらせて笑った。彼がタンバリンを手に持って、折れたのではないかと思うほど激しく腰を振りながら奇妙な踊りをはじめると、そのみだらな身振りにつられて、モツ売りの老婆までが鍋のそばを離れて見物にやって来た。ところが、そのとき雨が降りだし、みんなは軒下に逃れた。人形使いは操り人形をマントの下に隠し、盲人たちは杖をしっかりとにぎりしめ、豚を産んだという女は絵巻のなかで濡れそぼれていた。気がついてみるとファンは、客がトランプをしたり酒をあおったりしている宿屋の広間にいた。黒人がハンカチで猿の体をふいてやっているそばで、おうむが樽のたがに止まってうとうとしかけている。インディアス帰りの男はぶどう酒を注文し、巡礼をつかまえて嘘八百を並べはじめた。ファンは、向こうから帰ってきた連中のほら話のことは人並みに心得ているはずなのに、そのうちのあるものは事実だと信じた。恐ろしい怪物、アメリカのハルピュイアは実際に、呻き苦しんだあげくコンスタンチノープルで死んだのだ。ハウハの地は金貨であふれた池とともに、ロンゴレス・デ・セントラン・イ・デ・ゴルガスという名の幸運な船長によって、たしかに発見されたのだ。ペルーの金も、ポトシの銀も、インディアスから帰った者たちの作り話ではない。ゴンサーロ・ピサロが乗り馬の蹄に打たせたという、黄金の蹄鉄にしてもそうだ。帆船が宝を山と積んでセビーリャに帰港するのを見て、王室の船隊の会計係たちもそのことをはっきり知っているはずだ。酒でいい機嫌になったインディアス帰りの男は、やがて、ほとんど世間に知られていない不思議について語りはじめた。まず彼は、奇跡の泉の話をした。いかに腰が曲がり手足のきかなくなった老人でも、ただ、そこへ飛びこむだけでよい。水から頭を出したときには、髪は昔の艶を取りもどし、顔の皺は消えてしまっている。節々がゆるみ、もとどおりの丈夫な体に返って、大ぜいの勇婦アマゾーンをはらますほどの気力にあふれているはずだ。彼はまた、フロリダの琥珀や、プエルト・ビエッホでピサロ一族の別の男がその目で見たと伝えられる巨人像や、耳が一つで、しかもそれが後頭部についており、歯の厚みが五十センチ余もあろうかという頭蓋骨がインディアスで発見されたことを語った。おまけに、ハウハにそっくりな別の町があって、そこではあらゆるものが、床屋の金だらいから鍋、馬車の車輪から燭台までが、金でできている。「そこの住民は、まさか、錬金術師じゃないだろうな!」と巡礼は度胆を抜かれて叫んだ。ところが、インディアス帰りの男は酒をもう一本注文してから説明した。インディアスの黄金は、金属変成の夢を追うものたちの出精をもはや終わらせてしまった。神秘の水銀、神聖なエリクサ、しろがね草、異極鉱、真鍮などは、延べ棒や器物、砂金や鉱石、彫像や装身具のかたちの黄金を満載した無数の船の到着という事実を前にして、モリエノ、ライムンドゥス・ルルス、アヴィケンナの研究者のすべてによって見放されてしまった。金属変成はもはや意味がない。あそこでは良質の金を手に入れるのに、なにも炉の前でややこしい操作などすることはないのだ。普通の広さの荘園を持ったエストレマドゥーラ出身の男なら、それは可能なのだ。

すでに日もとっぷりと暮れたころ、インディアス帰りの男は舌がもつれるほど酔って宿の部屋に戻り、黒人の奴隷は、猿やおうむを連れて馬小屋のわらの寝床に這い上がった。同じように酒に酔っぱらった巡礼は、杖を片手によろけながら歩いているうちに——時には同じ場所をぐるぐる回っていた——やがて町はずれの路地へ来てしまった。そして、そろそろケープからはずれかけている大事な貝殻にキスさせる代わりに、ある若い女のベッドに朝まで留まることを許された。町全体におおいかぶさるような雲のために、その夜は聖ヤコブの道も隠れて見えなかった。

5

いまの彼は相手かまわず、実際には行ったことのない土地の話をして聞かせる。聖ヤコブも、大使徒がつながれた鎖も、その首を断った斧も、すべてがどこかへ消えてしまった。修道院の客部屋に泊まり、大麦のパンとキャベツのスープの食事にありつくために、また鑑札（かんさつ）によって与えられる恩典を利用するために、フアンは相変わらず、巡礼服やケープやふくべ——これに入っているのは、じつはブランデーである——を身につけている。しかし、フランス街道をそれて別の道をとり、シウダ・レアルに差しかかったときには、三日もそこに足を止めて、王国じゅうに名の知られたぶどう酒の革袋にへばりついていた。そしてその町を過ぎたころから、人々の様子がちがってきた。フランドルのできごとはほとんど話題にならず、人々の心はもっぱら、家を出たきりの息子や、カルタヘナへ移ってからも鍛冶屋を続けている伯父や、登記を怠ったばっかりに大金を失った別の伯父などの噂が伝わって来る、あのセビーリャに向けられている。一族をあげて人々が去っていった村もある。石屋は職人たちを、落ちぶれた郷士は馬や召使いをひき連れて出ていく。いたるところの広場で太鼓が鳴りひびき、新大陸の各地を征服し開拓する人間をつのっている。宿屋という宿屋は、旅行者でいっぱいだ。ついにフアンも、巡礼のしるしの貝殻を方位盤ととり換えて拓務院に出頭した。巡礼だったことを見事に忘れた彼は、一座が解散したあげく金に困って衣装箱の中味に手をつけ、しまいには幕間狂言の道化の服やビスカヤふうの半ズボン、ピラトふうの鎖帷子（かたびら）を着たり、気に入らないがイタリアふうの芝居によく出てくる恋する羊飼い、アルカディオの帽子をかぶったりする芝居者めいた格好をするようになった。古着屋で値切りたおしてズボンやマントを手に入れ、革のケープを靴と換えたりしているうちに、フアンのよそおいは少しずつ、巡礼はもちろん、イタリア駐屯（ちゅうとん）の歩兵連隊の兵士だったとはとうてい思えないものに変わっていった。おまけに、彼にはあの徴募に応じる気持ちなどなかった。インディアス帰りの男から忠告されていたのだ。大勢で押しかけるコルテス流の征服は、かならずしも得策ではない。現在、インディアスで成功を請け合ってくれるのは、鋭い勘や分別という磁石であり、また勅令に定められたことや、識者の非難や、大司教のうるさい説教などあまり気にしないで、他人を出し抜くという強引な遣り口である。あの土地では宗教裁判所までが手綱をゆるめている。信仰にはおよそ縁遠い大勢の黒人やインディオが相手では、ろくにすることもないからである。また宗教裁判所は、悔罪服を広めるのにあまり力を入れると、告解室で誘惑の罪を犯した司祭らにその大部分を着せるはめになることを心得ているのだ。不時の衝動を抑える飲み物ならば酷熱の地ではいっそう有効だろうというので、アメリカの宗教裁判所は当初から、やれ頑迷で黙秘的である、やれ微罪だが改悛の態度が見られない、やれ偽誓の疑いがある、やれ光明派に所属している、といったこまかい区別を異端について立てることはせず、火刑場ではもっぱらカップのココアを温めているのだ。それだけではない。ルター派の教会やユダヤ教の会堂もないので、宗教裁判所はゆっくりと昼寝を楽しんでいるのだ。おかげで黒人たちも、時には、悪魔の爪の臭いがする木彫りの像の前で太鼓を叩くことができるというわけである。しかし僧侶たちは、自分らにはかかわりのないことだと言って、ただ肩をすくめるだけ、彼らが苦にしているのは、むしろ紙片や書類、本などのかたちで入ってくる異端であった。そういうわけで、黒人やインディオはいったん聖水の前にひざまずいたあと、彼ら自身の偶像崇拝に戻っていく例が多いのだが、なにせ鉱山や荘園の人手がたいへん不足しているために、第四の福音書にのっとって、積んで火をつける乾ききったぶどう蔓(づる)のような扱いもでき兼ねているのだ。ざっとこんなぐあいに豊かな経験を授けてくれたあと、インディアス帰りの男は、セビーリャのあるロープ屋に宿をとるようすすめた。その仕事小屋はベッドやマットが詰めこまれて、ファンと同じ境遇にあるほかの連中がヌエバ・エスパーニャの船隊に乗りこむための許可を待つあいだの宿になっているという。船隊は、うきうきしている大勢の人間をのせて、五月にサンルカルを出港の予定である。誓いを果たしたあとフランドルで帰りを待つ者がいるのを忘れるわけにはいかないので、彼はアントワープのファンという名前で拓務院の台帳に登録した。タラゴーナの司教の奴隷である黒人のホルへという者と、改宗者の子でもなければ異端のとがで火あぶりにされた者の孫でもないとしきりに言い張る男とのあいだであった。台帳の同じページには、王妃の御用をうけたまわる毛皮商人、ジャコメ・デ・カステルロンと名のるジェノヴァの商人、数名の聖歌隊の先唱者、二名の火薬職人、小姓のフランシスキーリョと同道のサンタ・マリア・デル・ダリエンの司祭長、接骨医、僧侶、得業士、三名の新しい信者、煮つめた梨のような肌をしたルシアという女などが続いていた。肌の色だが、この点については、煮つめた梨のようだとか、いやそうではないとか、わずかな違いを問題にすることはなさそうである。ファン自身、ベティカをあちこちしてみて、人間の肌の色がじつにさまざまであることに驚いていた。瀝青(れきせい)か茄子のように黒い肌をしている、船隊の出港を待つ自由な身分の黒人たちがいるだけではなかった。また、パラクンベ踊りの好きな黒人の女や目の下にくまのあるギネアの女、ソファラの混血娘がいるだけではなかった。このように出港の日が迫ると、さまざまな用件で宮廷を訪れた高僧や隊長のお供をして故郷へ帰る日を待つインディオまでが大ぜい目についた。やはり船隊に乗りこむようだが、グアテマラの聖歌隊の先唱者は彼ひとりで、額に縫取りのある細い布を巻き、虹の七色に染めた糸の太い毛布をケープのように頭からかぶった、オリーブ色の肌の召使いを三名も連れている。彼らは首に十字架を下げてはいるが、普通の人間のものではなく聾唖(ろうあ)者の呻(うめ)きに似た、息を吸いこむような彼らの言葉で異教の神々に祈っているのにちがいなかった。エスパニョーラ島のインディオがいた。白いズボンをはいたユカタン人がおり、大陸のほうの人間らしいが、頭が円くて、受け口で、濃い髪を鉢のかたちに剃り落としているインディオがいた。時には、メディナ・シドニア公爵家に仕える八人のメキシコ人が、ミサに現われることもあった。これは、サラマンカにおけるメアリ・スチュアートとフェリーペ王の会見を祝うために催された祭りで、じつに巧みにチャルメラを吹いた連中である。アルジェの宦官もいれば、顔に烙印の跡があるモーロ人の女奴隷もいて、けばけばしい服やビーズや羽根飾りで七色に映えるこの騒々しい奇妙な世界に、アントワープのファンの鼻は素晴らしい冒険の臭いを嗅ぎつけた。船の食料に含まれた塩気。槙肌の瀝青。白ぶどう酒の店の塩漬のいわし。四六時中どこかで振られているさいころ。すでに娼家で行なわれている品のないサラバンド踊り。それらの娼家には、黒っぽい草をかむ習慣が船乗りによって持ちこまれていた。それをかむと唾液が黄に染まり、甘草や、酢や、香辛料そのほかの、ちょっぴり嗅いだだけでもじつに強烈な臭いが顎髭にしみつく。

　アントワープのファンはすでに海の上にいた。拓務院が望んでいるのが、フランスの海賊による略奪や農民の数の不足、鉱山におけるインディオの死亡などで荒廃した地域に入植する者であったために、メキシコへの渡航は許可されなかった。ファンはこの通告を聞いてじだんだ踏んで悔しがり、さんざ悪口を叩いたが、そのうちに、これも、コンポステーラへ行かなかったことへの神のみせしめだ、と思いなおした。ところが、この時を待っていたように、ブルゴスの市で見かけたあのインディアス帰りの男が宿屋に姿を現わして、いったん大西洋を渡ってしまえば、拓務院の役人の言うことなど聞くことはない、好きな土地へ行けばよい、抜け目のない連中がみんなやっていることだ、と教えてくれたのである。

それでやっと腹立ちのおさまったファンであったが、その彼がいま、船の上甲板で、料理人のナイフにかかって塩漬になる前の豚を走らせて下の甲板で行なわれるレースを、太鼓を叩いて触れて回っている。大凪の海の日々の退屈をまぎらわすために、また樽の水が腐った味のすることを忘れるために、人々は、まだ生きていて別の楽しみに供されるのを待っている豚を走らせ、仔牛を駆けさせるのだ。いずれ、海水を入れた水鉄砲の合戦も始まるだろう。たけり狂って換気用のファンの先をいくつも壊したりするが、犬のしっぽに棒をしばりつける遊びもはやるだろう。目隠しして、二枚の板で締めて動けないようにした鶏をさがし当て、サーベルでその首をはねる遊びもはやるだろう。しかしやがて、それもみんな飽きられてしまう。トランプの賭けで同じ金が十ぺんもやったり取ったりされる。熱病が発生する。日射病で倒れる者がいる。ねずみのかじったビスケットを口にして歯を欠く者が出る。舷側を越えて死人が消え、黒人の女がふたごを産む。酔ったり、嘔吐したり、下から洩らしたりする者が続出する。蚤と虱、垢と悪臭に、それこそうんざりする……。ある朝、サン・クリストバル・デ・アバナの港が見えたぞ、と見張りの男が叫んだ。そろそろ、そこへ着いてもよいころではあった。幸運にありつくための険しい旅に、ファンは飽きはじめていたのだ。数日前に飛魚を見かけて、あの珍しいアメリカのハルピュイアやハウハの地を予告するものだと思ってはいたが……。どうやら町らしく思われたが、かわら葺きの家や小屋が密集したところに立っているほっそりとした鐘楼を見てやっと満足したファンは、冬期そこに駐屯して、聖なる信仰に仇する異端の徒に戦いを仕かけるべくアントワープに入城したときの中隊の行進ぶりを思い出しながら、撥をにぎって太鼓を叩きはじめた。

6

ところが、いつも泥でぬかるみ、毛のすり切れた黒い豚がごみの山に鼻先を突っこんで騒ぎたてている不潔な八本の通りに渦巻いているのは、根も葉もない噂や、さかんに行き来する手紙や、底知れぬ憎悪や、激しい嫉視であった。ヌエバ・エスパーニャの船隊が舞い戻ってくるたびに、嘆願書や密書、嘘言や誣告などが船長に託された。それらはすべて、向こうへ着いてから、隣人をもっとも手ひどいめに合わせることができそうな人間に渡すか、伝えるかしてもらうためのものであった。体液を濁らせる暑さ、なにもかも腐らせてしまう湿気、蚊の大群、足の爪に卵を産みつける砂蚤などに苦しみながら、人々は絶望と、わずかな利益――大口のものは、すでにここにもない――をねがう貪欲さとで心をむしばまれつつあった。筆の立つ人間も昔の人にならって、たとえば牧人劇や聖体の祝日のための楽しい出しものを物するというぐあいに、有益な文章を書くことにその才能を使おうとはしない。ただ、悪意にひたした鵞ペンで国王に不平を訴えたり、拓務院につまらぬ風評を書き送ったりしているだけである。総督が八枚の紙をついやして王室直属の役人の信用失墜をはかれば、司教は蓄妾のとがで参事会員を、監察官はトレドの大司教によって与えられていない宗教裁判官の職権を犯した罪で司教を、告発する。書記は、一割税の完納を怠っているとして会計官を責め、市長の友人である会計官は、ずるがしこい悪党だと言って書記を非難する。ところで、この鎖が断ち切られるのは、もっとももろい個所、おおよそ関係のなさそうなところからであった。まず書記が、黒人の祈禱師から媚薬を買った罪で訴えられ、カルタヘナ・デ・インディアスへ送られて笞刑に処せられる。ついで、お触れ役人が忌むべき男色の噂のために、荘園主が国有地の境界を勝手に動かしたことが露顕して、聖歌隊の先唱者が淫行のゆえに、砲手が暴飲をとがめられて、教会の錫杖係がまた性的な倒錯を問われて、というぐあいである。恐ろしい目つきをしたやぶにらみの町の床屋が、この醜行の鎖の末端につながっていて、彼の言うところによれば、前総督の妻ドニャ・ビオランテは大変なあばずれで、奴隷たちを相手にさかんに不義を重ねていたということだ。というわけで、人々はこのサン・クリストバルの地獄で、古くなったバターの臭いがするインディオの召使いや、貂のような体臭をした黒人に囲まれながら、この世の王国で考えられるもっともみじめな生活を送っているのである。ああ、インディアスよ！　インディアスよ！　アントワープのファアンの心がはずむのは、メキシコやエスパニョーラ島から船乗りたちがやって来るときに限られていた。このときは、かつて兵士だったことを思い出し、肉屋の店先からあばら肉をかすめて来て、仲間といっしょに、アナット入りのソースかベラクルス産のとうがらしの粉を使って料理をした。また、魚屋に押し入って、鯛や海亀を籠ごとかっさらう手伝いをした。ほかにもっとうまいものがなかったせいだが、何カ月か経つうちに、ファアンはトマト、じゃがいも、うちわさぼてんの実のような珍しい食べ物の味にもすっかり馴染んでしまった。たばこを鼻の穴に詰めることを覚え、ふところが寂しくなると——たいていがそういう状態だった——タピオカのパンに糖蜜をつけて食べ、そのあと椀に鼻先をつっ込んで、底に残ったものをなめることさえした。船隊の乗組員が陸に上がってきたときには、造船所のドックの近くに南京虫だらけのベッドを並べた板張りの小屋をかまえた自由な身分の黒人女たち——いかに女が不足とはいえ、この商売に向いているとはとても思えないひどいご面相ぞろいだが——を相手に踊った。船が入港したときに太鼓を叩いたり、行列の先頭に立ったり、殉教聖者のミサでマラカスを振る混血娘らの拍子を取ったりして得たわずかな稼ぎを、パン屋に近い、総督の縁者だという男の居宿屋で使った。この男は時おり、ひどく質の悪いぶどう酒を仕入れている様子だが、しかしこんな土地で、シウダ・レアルやリバダビヤやカサーリャの美酒の話をしてもはじまらない。舌を刺してから咽喉の奥に落ちていく酒は味が悪くて、酸味がきつくて、おまけに、この島のものはすべてそうだが、値が高い。ここでは服がすぐにボロボロになり、武器はさび、書類には茸が生える。腐った肉を通りのまんなかへ投げると、早速、頭のつるりとした黒い禿鷹が舞いおりてきて、五月三日の聖十字架の祭りのリボンによく似た腸わたを食いちぎる。入江の水面に落ちた人間は、この土地の者が鮫と呼んでいて、首と腹の中ほどに口の開いた、ヨナの鯨にそっくりな巨大な魚に呑まれてしまう。まるい刀の鍔ほどの大きさの蜘蛛、胴まわりが一メートル半を越える蛇、さそり、そのほか無数の気味のわるい生き物が蠢いている。あれやこれやで、アントワープのファンは酸いぶどう酒で酔っぱらうと、わずかな金などとっくに少数の人間の手に落ちてしまっているこの不潔ったらしい土地へ自分を送りこんだ、あのいまいましいインディアス帰りの男を呪った。全身が燃えるように熱く、赤い砂を振りかけられたように皮膚がひりひりする酷暑のなかで、みじめな運命を呪っているうちに彼は気むずかしい人間に変わった。この町の住人たちと同じように喧嘩早くなり、悪ずれしてしまった。そしてある晩、さいころ博奕のいかさまが原因だったが、悪酔いしていた彼はジェノヴァ生まれのジャコメ・デ・カステルロンに飛びかかり、ナイフで刺した。ジャコメは朱に染まってモツ料理を売っている女の鍋の上に倒れた。てっきり相手が死んだと思ったファンは、スカートのホックを留めながら部屋から飛び出してきた黒人女の悲鳴を聞いて怖くなり、たまたま木の格子窓につながれていた馬に飛び乗って、造船所の道を全速力で駆けぬけて町の外へ出た。そして、晴れた日には椰子（やし）がこんもり茂った青い丘が見える方角をめざして、落ちのびていった。その奥は深い深い森で、総督の追跡の手を逃れることができるはずであった。

　アントワープのファンは数日馬を走らせた。しだいに道が険しくなり、馬の蹄鉄（ていてつ）もどこかへ飛んでしまったが、砂糖きびの畑が尽きるころから、薮（やぶ）のような毛の下に隠れて眠っているむく犬にそっくりな、背を丸めた山々が右手に大きく見えはじめた。腐った種や果実を運びながら何段もの滝になって落ち、淵にはカラジュームが茂っていたり、目玉の黒い小さな魚が流れに逆らってチロチロ泳いでいたりする川の岸に沿って歩いているうちに、逃亡者は坂道に差しかかった。上のほうには、紫の花をいっぱいにつけた木や、びっしり群がった虫のために股になった幹に瘤（こぶ）ができている木が見える。玉ねぎの皮をかぶったような灌木（かんぼく）があるかと思えば、大きなねずみがたくさん巣を作っている灌木がある。尾根までたどり着くには、それから先、大きな岩をよじ登らなければならないので、ファンは格好なセイボの木の幹に馬をつないだ。別の斜面を下りかけたところで急に茂みがまばらになり、眼下に海が見えた。白く泡立ってはいない海。静かに寄せる波は洞窟の暗がりに吸いこまれて、その奥だけが押し流される小石の音であふれているのだ。日が暮れるころ、彼はいちめんムール貝だらけの渚（なぎさ）に立っていた。うにの殻や黄色っぽい軽石、こずえが闘牛のように咆える大きなグアモ樹がごろごろしているなかで、七色に陽に映えた泡が割れていく。ファンは潮風を、さわやかな微風を胸いっぱいに吸い、そこに、出港の日のサンルカルや、下が魚屋の店だったアントワープの屋根裏の臭いを嗅ぎつけて、目頭が熱くなるのを覚えた。そのときである。ココ椰子の茂みの向こうで犬の吠える声がした。ファンが振り返ると、髭面の男がラッパ銃の筒先をこちらに向けて立っていた。

「わしは、カルヴァン派の信者だ！」と、男はいどむように言った。

「おれは、人殺しさ！」恐ろしい罪をすすんで口にした男をこわがってはいないことを示すために、フアンはそう答えた。髭面の男は武器を下にさげて、しばらく彼を眺めていたが、やがて、頬に刃物の傷跡が見られる黒人のゴロモンを呼んだ。黒人は、ほとんどフアンの真上の茂みからすべりおりて、山が抜けるほどの力を入れて彼の帽子を顔まで引き下げた。フェルトの闇に閉じこめられたまま、フアンは二人の男に引き立てられていった。

7

そこから少し離れたところでゴロモンが山刀を石でといでいたが、激昂した髭面の男は、大きな拳でテーブルを叩きながら語った。母知らずのメネンデス・デ・アビレスがフロリダで斬首したカルヴァン派信者の数は六百人にのぼる、と。ルネ・ド・ランドニエールの一味であるこのユグノー教徒が三十人の仲間とともに逃れ、その後、ちりぢりになってエスパニョーラ島にたどり着くことができたのは、まったく奇跡によるものであった。男は、カトリック教徒へのいやがらせに救霊予定説をさんざこきおろしながら、虐殺の模様を語った。サーベルが振り上げられ振り下ろされるのはいいが、刃こぼれしているので首の中途で止まり、その先は、のこぎりで挽くようにして切り落とさねばならない。また斧は、肉屋の包丁のような音を立てて、突き出ている背骨の上に落ちていく。話があまり微に入り細に渡っているので、さすがのアントワープのファンも嫌悪に顔をゆがめて下を向いた。そうすることで、いかに七面倒な説教によらずに神やイエス・キリストを賛えるためとはいえ、いささか罰がきびしすぎる、ましてこの土地では、それらの犠牲者も実際にはなんのじゃまにもならない、と思っていることを相手に悟らせようとした。刀の一撃で、首といっしょに肩までそぎ落とされた者もいるという。「頭が遠くへ飛んで、首がぶどう酒の革袋のようにパックリ口を開いているのに、四つん這いで歩き出したやつがいたっけ」髭面の男は怒りで顔を真っ赤にして、そう語った。相手がそれを信じないそぶりでも見せようものなら、ゴロモンに命じて、咽喉から上にあるものを山刀ではねさせる気でいるのだ。しかし、アントワープのファンはそうした遣り口を認めるそぶりなど毛ほども見せなかった。女が生き埋めにされ、何百人ものルター派信者が焼かれるのをフランドルで見ただけではない。火刑台に薪をくべ、新教徒の女たちを穴の底につき落とす手伝いまでした彼だが、この土地の悲惨を味わい尽くして、これが見おさめかもしれない夕暮れを迎えたいま、その考え方はすっかり変わっていた。ここでは鋤が目新らしく、小麦も知られていない。馬は驚嘆のまとであり、馬具は珍しがられる。オリーブやぶどうは宝石扱いである。また、ここでは宗教裁判所も、聖者を正しいその名で呼ぼうとしない黒人や、いまだに原住民の歌など口にしている混血児を放ったらかしにし、インディオの女を小屋のなかに引きずり込んで十月十日後に悪魔の口から主の祈りを吐かせるような、そんな教えの垂れ方をする坊主らの乱行にも目をつぶっている。あちらの遠い旧世界で、人々が神学や天啓や顕現などの問題で激しく争っていることまでが、素晴らしいことのように思える。異端者どもが諸国の人々をそそのかして、信仰の守護者であり、南方の悪魔と恐れられているフェリーペ王に反逆させることをたくらんでいるあそこならば、アルバ公爵がこの髭面の男に火刑を申し渡したとしても、それは大義名分にかなった行為だろう。しかしこの土地では、まわりは逃亡者でいっぱいだ。彼自身が、みずから犯した罪のために逃亡した者ではないか。一人の改宗者と共謀して逃亡をはかったこのカルヴァン派信者と同じように。その改宗者というのは、ほんとうに宗旨替えをしたばかりの男である。司教がおよそ安っぽい金箔の聖櫃を上等の品らしく見せかけて良い値で教区の教会に売りつけ、その代価を正真正銘の金貨で要求したことをあばいたためにハバナを追われるはめになると、たちまち洗礼のことなど忘れてしまったほどだ。それはともかく、ファンはこのカルヴァン派信者やユダヤ人の改宗者のそばに留まることで、総督のきびしい追及の手から逃れ、人の心の暖かみに触れることができた。ありていに言えば、女の肌の暖かみにも。というのは、砂糖きびの農園から逃亡するさいに、ゴロモンが率いていた連中のなかで、多くの男の奴隷たちが犬に捕まり、その場で農園主の手にかかって果てたにもかかわらず、女たちは先頭に立って進んでいたおかげで無事、山に逃げこむことができたのである。そういうわけで鼓手のアントワープのファンも、いまでは、彼の世話をし、体が求めれば彼を楽しませてもくれる、二人の黒人女をそばに置く身分となった。胸が豊かに盛り上がり、縮れた髪を八つに分けた大柄なほうの女は、名前をドニャ・マンディンガといった。尻が聖歌隊席の台石のように突き出ているが、キリスト教徒の女なら濃い毛でおおわれているところにそれが一本も生えていない小柄な女は、ドニャ・ヨロファという名前であった。ドニャ・マンディンガとドニャ・ヨロファはそれぞれ話す言葉がちがうので、焼串がわりの小枝を魚のえらに刺しているときも、言い争ったりすることはなかった。こうして、猪や鹿の肉を干したり、インディオたちの好むとうもろこしを天井に吊るしたりという仕事で明け暮れしていたが、一年じゅう木の葉が落ちることなく、時刻が影の動きによって計られるこの土地では、明日も昨日と変わらず、時はまったくの静止状態にあった。たそがれが忍び寄るころになると、激しい憂鬱が小屋に住んでいる者を襲った。めいめいがなにかを思い出して、それを懐しんだり、恋しがったりしているように思われた。ただ黒人の女たちだけが、アンダルシアの荘園の土の香りを運ぶもやのように、穏やかな海にいつまでも漂っている薪の煙のなかで歌っていた。アントワープのファンは帽子をとり、波のほうを向いて主の祈りを、また使徒信経を唱えたが、罪の赦しと肉体の再生と永遠の生命を信じていることを口にするとき、その声は胸の奥にいっそうこたえた。少し離れたところでは、カルヴァン派信者がジュネーブ版の聖書の一章を小声で唱えている。ユダヤ人の改宗者はドニャ・マンディンガの裸に背を向けて、涙をこらえているような震える声で、ダビデの詩篇を誦している。「いと慈悲深きエホバよ。容易に怒りたもうことなく、赦しには寛大な……」月が昇り、小屋で飼われている犬たちが砂の上にすわって、声を合わせて吠える。海岸の洞窟の石が波にさらわれる。お祈りを終えたあと、ユダヤ人がカルヴァン派信者のトランプのいかさまを責めたために、三人のあいだで殴り合いの喧嘩が始まった。相手をひっぱたく。組みついたまま倒れる。ナイフを、持ってもいないサーベルを、こちらによこせ、と叫ぶ。やがて仲直りをし、耳に入った砂をはらい落とす。金があるはずはなく、賭けていたのはじつは貝殻であった。

8

それから何カ月たっただろうか、ファンははなはだしい無力感にとりつかれた。ドニャ・ヨロファとドニャ・マンディンガが大きな葉っぱで風を送って、この季節になると近くのマングローブの林からわく小蠅を追ってくれるし、インディオたちは、海岸の洞窟でたいまつの火で目をくらませて獲(と)った、みごとな魚を運んできてくれるが、それは飽くまでも向こうの勝手だ。アントワープの鼓手は、そのためにそばから離さない骨のパイプでたばこを吸いながら、何時間も、旗手やラッパや横笛と並んであちこちの町へ入っていったころの思い出にふけった。彼らが通りかかると、枠にハート模様の透かし彫りがある緑色の窓が開いて、花が咲きこぼれる水切りの上に、キャミソールのレースの下の薔薇色の胸を差し出さんばかりの姿態で、女たちが顔をのぞかせたものだった。イタリアやカスティーリャやフランドルの女たち。あれこそ女というものだろう。ここだから女扱いしなければならぬが、つねることもできぬほど堅くてきなくさい、あの革袋のような肌をした黒人の女などは、まったく論外である。この色の黒い、それこそ真っ黒な女たちが相手では、アルカラの元学生も、広く世間を渡り歩いて見聞きしたことを語るわけにはいかない。彼女らにできるのは、せいぜい、おそまつな太鼓を叩いたり、繰り返しの多い奇妙な歌をうたうことぐらいである。彼女たちがタンバリンを振り、いい気分で歌うゴロモンのあとについて応誦のような合唱を始めると、元学生のファンは露骨にいやな顔をして、犬を連れて山へ出かけた。髭面の男やユダヤ人相手の話では、ファンはかつて学生であった。四学を教える講堂へ出て、鍵盤楽器を叩きハープやギターを弾くための記号について知り、単旋聖歌の知識やオルガンの奏法はもちろん、移調や重奏などを学んだのである。この海岸には鍵盤楽器もギターもないので、ファンは言葉と口真似だけで、いかにパヴァーヌを演奏するか、あるいは「クラロ伯爵」とか「見よ、わが涙を」といった歌唱を、いま宮廷ではやっているフランスやイタリアふうのアルペッジョを駆使して、いかに美しく歌うか、その模範を示した。こうした知識を披露するとともに、逃亡者である彼の身分も上がっていった。彼はいまや、先祖伝来の屋敷を手放したくない一心でけなげに窮迫に耐えている、当時多く見られた郷士の息子となった。その屋敷の玄関からは――ちょうどあの木のあたりだ、と言われて、みんなはそちらに目をやった――王立イルデフォンソ大学の建物の正面が見えた。そこでの学生生活を鼓手はことこまかに語ったが、その話は日ましに大きくなっていった。かつて兵士だったこともあるが、それもじつは、時代がシャルルマーニュの偉業のころまでさかのぼるけれども、先祖代々守られてきた国王陛下に対する奉公の勤めを果たすためであった。こんなぐあいに家系に重みをつけることで彼は、ムール貝や、料理の仕方のわるい亀や、カルヴァン派の信者が串に刺していぶした肉ばかりを食わされる不快から救われるのだった。彼の舌は、苦痛を感じるほどの猛烈さでぶどう酒を要求した。頭のなかであれこれ酒場を想像していると、しゃこ、去勢した鶏、七面鳥、仔牛の蹄(ひずめ)、大きな穴のあいたチーズ、酢漬の皿、胸肉のクリームあえ、アルカリアの蜂蜜などがずらり並んだ大きなテーブルが目の前に浮かんだ。しかし、黒人やインディオは犬に追われる心配もなく気楽に暮らし、しょっちゅう女と犬のどちらかが子どもを産んだ。もっとも、この小屋で退屈しているのはファンひとりではなかった。ユダヤ教徒は、トレドのゲットーを夢みていた。そこでは、ずいぶん前から人々は安楽な生活を営んでいる。各人が音楽付きの賑やかな結婚式に出て楽しんだり、書物を音読する学者の声に耳を傾けたりしている。往時のように、迫害のために家々に涙と血があふれるということもない。ユダヤ人が目を閉じると、巴旦杏(はたんきょう)入りのロールパンや砂糖漬のザボンといっしょにパイが並んだ菓子屋のそばに、カンテラ屋と刃物屋が仕事場をかまえている狭い路地がまぶたに浮かんだ。改宗をよそおっているが、父親たちは相変わらず、子どもたちにユダヤ法典を学ばせているだけでなく、手仕事を身につけさせるようにという教えを忠実に守っている。たとえば、いとこのモセのように秤づくりを仕事にしていない者は、イサアク・アルファンダリがそうだが珊瑚に細工をしたり、トランプの絵を描いたりしている。別のいとこのマナエンのように有名な銀細工師だったり、あるいは遠い親戚のラビ・ユダーのように外科医だったりする者もいる。泣き女たちはキリスト教徒の葬式に雇われて金をかせぐ。仕事部屋や店では、そろばんの玉の鈍いが美しい音楽がいつも鳴っている。ゲットーを夢みているユダヤ教徒のかたわらで、髭面の男がパリを空想している。もっとも、この男は自分ではパリの出身だと言っているが、じつはルーアンの場末の生まれで、薪運びのはしけに乗っていたころ、一週間ほどシャトレの近くにいたことがあるだけだ。しかし、ひどく美しい橋の上で芝居をやっている道化たちを見、モンフォーコンの絞首台の下で人生の無常について想い、マドレーヌやムーラの酒場でぶどう酒を飲むには、一週間もあれば十分だった。彼は力をこめて、パリほど良い町はないと言った。そして、いかさまな連中に欺(だま)された者が、見事に実った小麦の穂さえ見られぬところに黄金を求めたあげく、数知れぬ悲惨をなめさせられることになる、この汚らわしい、獣だらけの土地を呪った。彼はまた、金髪の女や泡立つりんご酒、ぶどう蔓(づる)の火にあぶられて汁がしたたる雁(かり)の話をして、鼓手の憂鬱(ゆううつ)な気分をいっそうつのらせた。そして鼓手は、その肌に押しつけられた熱い鉄で汚された血筋のことをほのめかすようになったゴロモンを、怠け者のぐうたらだとののしった。みんなが高い身分を誇った。自分の生まれた土地の話になると、糞をまぜた泥壁の小屋が岸に立っている、川幅の非常に広い濁流うずまく川のことしか憶えていない黒人のゴロモンまでが、羽毛で身を飾った父は、祭日にメディナ・シドニア一族がセビーリャの並木道に走らせているものとまったく同じ車を、白い馬に引かせて乗り回している、とほらを吹いた。みんなが、乾いたココ椰子の実をころがしていく蟹（かに）に取り巻かれ、渚（なぎさ）に生えた一本の木の小さな紫色の実――ぶどうの味がして、タピオカやとうもろこしに飽いた舌にぶどう酒を飲みたい気持ちを甦らせる――をかみながら、仏頂面で勝手な夢をみていた。千里眼的な力をもつ欲望のおかげでその目に映るのだろうが、みんなが、現実にはそこに存在しないもののことばかり考えているうちに、やがて雨期が訪れた。ふたたび疫病が広がりはじめた。耳もとでうるさく羽音を立てる黒い虻（あぶ）の大群に囲まれ、頬をぴしゃりと叩いたその手が血で真っ赤に染まっているのを見て、フアンは腹を立て、じだんだを踏み、大きな声でわめいた。そしてある朝、彼は悪寒に震えながら目を覚ました。顔は蠟のように青ざめ、胸が火の塊を抱いたように熱かった。ドニャ・ヨロファとドニャ・マンディンガの二人が、薬草を採りに山へ出かけた。どうせ、掟もなにもないこの土地が生んだ悪魔の一人にちがいない森の神様からのいただき物だろうが、しかしそれを煎じたものを飲むほかなかった。薬が効くのを待ちながら眠っているあいだに、病人は恐ろしい夢をみた。ハンモックの前に突然、天にも達する塔とともにコンポステーラの聖堂が立ちはだかったのだ。悪夢のなかの聖堂は高くそびえていた。その鐘楼は、翼を動かさずに風のまにまに漂うのが蒼穹（そうきゅう）を流れる不吉な黒十字を思わせる禿鷹をしのいで、はるかな雲間に消えていた。真昼だというのに、グローリアの前廊の上に、聖ヤコブの道が白く、空も天使らの食卓を飾る卓布かと思うほど白く、横たわっていた。フアンは自分の姿を見た。今いる場所から眺めることのできるその別の彼は、ただ一人で、奇妙なことにただ一人で、貝殻の飾りがついたケープをはおり、歩道の灰色の石に杖を突きつき巡礼の町の聖堂へ近づいていった。しかし、扉は固く閉ざされている。なかへ入ろうと思っても、それができない。激しく扉を叩くが、その音は誰の耳にも届かない。巡礼のファンはその場にひざまずく。祈り、呻き、神聖な扉の板に爪を立てる。悪魔祓いを受ける人間のように地面をころげ回り、なかへ入れてくれと訴える。泣きじゃくりながら叫ぶ。「ああ、聖ヤコブ様！　聖ヤコブ様！」目を泣きはらして海岸へ行き、他人には腐った丸太としか見えないが、停泊中の帆船だとひとり決めしたものに向かって、ぜひ乗せていってくれ、と哀願する。あまり激しく泣き叫ぶので、ゴロモンがかずらで彼をハンモックに縛りつけ、死人のようにその場にころがした。日暮れになって彼が目を覚ましたとき、小屋は上を下への大騒ぎの最中だった。バミューダ島の沖で嵐のために難破した漂流中の船が、海岸に近い小島に流れついたのだ。潮風に乗って、助けを求める水夫らの声が聞こえてくる。ユダヤ教徒が櫂を持ち出しているあいだに、ゴロモンと髭面の男は水際へカヌーを押し出した。

9

東の空が白むころ、青い霧のかかった大きなテイデの山影が現われた。カトリック教徒として、また国王の認可を得てインディアスに渡ったブルゴーニュ生まれの者という触れこみで――帰国したらそれを証明する約束だったが――船に乗っていた髭面の男は、長い旅も間もなく終わりだと思ってほっとした。グラン・カナリア島は英国人やフランス人相手の交易がさかんで、カルヴァン派やルター派の船長が荷下ろしのために寄っても、救霊予定説を信じるかとか、断食をするかとか、あるいは高い金を出して免罪符を買う気があるかとか、訊かれることもない。だから彼は心中ひそかに思っていた。

いったん市中に身を隠し、そのあと、島から脱出してフランスに渡る方法を考え出すのは容易だと。おたがい知っていることは喋らないというつもりで、彼はフアンに目くばせした。さしあたり、レンズ豆や挽肉料理、チーズや塩漬などにまためぐり会えてみんなは大満足だった。従士とかいう大した身分の者の妾になれたと知って、ほかの黒人女たちの前でカスティーリャのお姫様よろしくふるまっていたが、そのドニャ・ヨロファとドニャ・マンディンガが、悲嘆よりはむしろ落胆のあまり泣いているのを見捨ててきたあの小屋で、そうした食べ物の味をよく思い出したものである。病人は、船に乗っただけで元気になったような気がしていた。いずれ船はサンルカルの港に錨を下ろすことだろう。そこでは巡礼のサンダルと杖が待っているはずだ。誓いはあくまで誓いである。その誓いを果たさなかったがために、さんざっぱら不運な目に遭ったのではないか。何週間も船の旅をつづけ、素晴らしい、それこそ正真正銘の陸地を踏む日も遠くない今、彼はうきうきした気分で、ある日の午後、バイヨンヌの施療院で水を浴びたあともこんな心地だったことを思い出した。そして突然気づいた。インディアスで長く暮らしたのだから、いまは自分もインディアス帰りの一人だということに。船を下りたら、インディアス帰りのフアンで通すことにしよう……。そのときだった。船尾楼のあたりで騒ぐ水夫らの声が耳に入った。はやばやと港に着いたことを喜んでいるのだろうと思いながら、髭面の男の先に立って連中のところへ駆けつけた。ところが、そこで大変なことが持ち上がっていた。水夫らが改宗者を取り囲んでこづき回していたのだ。一人が足払いをかけて彼を倒し、襟首をつかんでひざまずかせながら叫んだ。「さあ、主の祈りを唱えてみろ！　主の祈りがすんだら、つぎはアベ・マリアだ！」フアンは、何日か前、手伝いをするふりをしてイースト抜きのパンを焼く粉を盗んだとコックに教えられたときから、水夫らが改宗者を見張っていたことを知っていた。今朝早く——たまたま土曜日だったが——彼らは改宗者が沐浴(もくよく)をすませ着換えをしているところを見つけたのだ。みんなが彼を足蹴(あしげ)にしながらわめいた。「どうした、主の祈りは！」気が転倒しているユダヤ教徒は哀訴を繰り返したが、誰の耳にも入らなかった。結び目のあるロープの一撃をくらって、彼は、主の祈りでもアベ・マリアでもないものを小声で唱えはじめた。それは、小屋で日に三度、口にしていたダビデの詩篇であった。「いと慈悲深きエホバよ。容易に怒りたもうことなく、赦(ゆる)しには寛大な……」彼がそれを唱え終わらぬうちに、みんなが襲いかかって足で蹴とばし、一人が足枷(あしかせ)を取りに走った。彼がしっかりと押えつけられ、棍棒(こんぼう)の一撃をくらって欠けた歯を吐き出すのを見届けてから、つぎにみんなは髭面の男のほうに向きなおり、いきなり船べりへ追いつめて、ルター派の海賊呼ばわりした。彼が少しもひるまず断固とした口調で抗議し、拓務院に訴えると脅したので、船長がしぶしぶ一同をしずめた。しかしなお疑念が残るので、これも船長のはからいであったが、ブルゴーニュ生まれと称するこの男をラス・パルマスの当局に引き渡すのがもっとも賢明だろう、当局が、問題のインディアス渡航の許可が果たして出ているかどうか、その点を明らかにしてくれるにちがいないから、ということに一決した。色蒼ざめた髭面の男はくるぶしに二個の鉄の足枷をはめられ、一方、ユダヤ教徒はバケツの汚水をまともにかけられ、罵声(ばせい)を浴びながら引っ立てられていった。さんざんに痛めつけられて、ユダヤ教徒の通ったあとには血痕が残った。ファンは、彼が階段の下へつき落とされ、その最後の呻(うめ)きを押し殺すようにハッチのふたが閉められるのを見た。ファンは思い知った。かつてはモーロ人や改宗者にとって平和の地であり、ルーテル派の船乗りや商人にとって息抜きの土地であったそのグラン・カナリア島が、いまやカトリック教の守護者の主祭壇になったのだ。それを象徴するのが、ラ・パルマに宗教裁判所の緑十字を打ち立てて、疑わしい船乗りを残らず逮捕している恐ろしい宗教裁判官の存在である。宗教裁判所の牢屋は、いずれは一般の裁判所へ移されるはずだが、オランダ人の船長や英国国教会派の船長らでいっぱいだという。ところでゴロモンだが、彼は前檣の根もとにうずくまり、熱のある病人のようにガタガタ震えていた。その烙印がいまも肌に残っている主人の農園で主イエス・キリストの像を前にして祈るさいに、救世主の名をはっきり言わず、首にたくさんのビーズを掛けてから自分たちの言葉で主を讃えていた理由を問いつめられるのが怖かったのだ。おとなしい犬を相手にするように、フアンはその肩を叩いて落ち着かせようとした。人に聞かれるといけないので、ゴロモンに教えてやれないことがある。じつは、定められた処刑の日にも、宗教裁判所は黒人を焼くために薪を使ったりはしないのだ。そういう目に遭うのは、アラビア語に堪能すぎる学者や耳のとがった神学者、新教徒である。あるいは、オランダ船が停泊する港でとくに厳しく取り締まられているが、『痴愚礼讃』とか『愚者称讃』とか、それに類した表題の異端の書を持ちまわる者たちである。三位一体の祝日が迫っており、これが宗教裁判にはもってこいの祭りであるためだろう、インディアス帰りのフアンの目に、黒い頭布をかぶったユダヤ教徒が映った。また、前と後ろに聖アンドレの十字架が赤で縫い取りされた、黄色い頭巾姿の髭面の男が浮かんだ。二人は幟の真下で祝福を受けたあと、四十日間の贖宥にあずかるべく遠方から集まった人々の怒号と罵声を浴びながら、それぞれのろばに乗せられて、ほかの大ぜいの異端者とともに火刑台へ追い立てられていくことだろう。逃亡したために代わりに絵姿が焼かれることになった者の、その絵姿を高くかかげながら……。

10

　ある市の日に、インディアス帰りのファアンは袋小路の行きどまりで、クスコから運んできたというわら詰めの二匹の鰐(わに)の剝製(はくせい)を売るために大声で客を呼んでいた。じつはそれは、トレドのある質屋で買ったものである。彼は肩に猿をのせ、左手におうむを止まらせていた。彼が大きな桃色のほら貝を吹くと、聖餐劇の魔王ルシフェルにそっくりな黒人の奴隷が赤い箱から現われて、屑真珠でできた首飾りや頭痛に効くという石、たばねたビクーニャの毛や真鍮製の耳飾り、そのほかポトシから持ってきた安物を売りつけようとした。黒人は鋭くとがった歯をのぞかせ、お国ぶりで三本の刃物の傷跡がある頰を引きつらせて笑った。そしてタンバリンを手に持って、激しく腰を振りながらじつに奇妙な踊りをはじめた。モツ売りの老婆までがそれにつられて、サンタ・マリアの門に寄せかけた貧相な店を離れて見物に来たほどだった。すでにブルゴスでもサラバンドやギネア、シャコンヌといった踊りがはやっていたので、大ぜいの見物客が喝采を送り、さらに新世界の珍しい踊りを所望した。ところが、そのとき雨が降りだし、みんなは軒下に逃れた。気がついてみると、インディアス帰りのファアンは宿屋の広間にいて、恐ろしいペストがはやったころ聖ヤコブに立てた誓いを果たすためにフランドルから来たという巡礼、貝殻を縫いつけたケープ姿で市をうろついていた、ファアンという名前の巡礼といっしょになっていた。じつはインディアス帰りのファアンは誓いを果たすつもりで杖とふくべを携えてサンルカルに上陸したのはいいが、ある日、シウダ・レアルで巡礼服を手放してしまっていたのである。市の商人から買い入れたがらくたを売る手伝いをさせる目的で猿とおうむを用意したゴロモンが、インディアスの珍しい品物を売って歩けば、わずか二日で、一週間は酒と女が楽しめるだけのものが稼げることを教えてくれたのだ。黒人のゴロモンは、白人の女の肉を味わいたくてうずうずしていた。女たちだって、彼のたくましい体を楽しめるはずである。一方、インディアス帰りの男は、聖歌隊席の台石のように尻が突き出ている黒人の女が前をよぎると、気が変になった。ゴロモンがハンカチで猿の体を拭いてやっているそばで、おうむが樽のたがに止まってうとうとしかけている。インディアス帰りの男はぶどう酒を注文し、フアンと名のる巡礼をつかまえて嘘八百を並べはじめた。まず彼は、奇跡の泉の話をした。いかに腰が曲がり手足のきかなくなった老人でも、ただ、そこへ飛びこむだけでよい。水から頭を出したときには、髪は昔の艶を取りもどし、顔の皺は消えてしまっている。節々がゆるみ、もとどおりの丈夫な体に返って、大ぜいの勇婦アマゾーンをはらますほどの気力にあふれているはずだ。彼はまた、フロリダの琥珀や、プエルト・ビエッホでフランシスコ・ピサロが見たと伝えられる巨人像や、耳が一つで、しかもそれが後頭部についており、歯の厚みが五十センチ余もあろうかという頭蓋骨について語った。ところが、酒に酔った巡礼のフアンはインディアス帰りのフアンに言った。不思議、不思議と言うが、それはインディアスから帰った人間なら誰でもする話で、いまでは信じる者はない。永遠の若さの泉など本気にしている人間はいない。また、あそこで盲人たちが本にして売っているアメリカのハルピュイアの歌も、とてもほんとうだとは思えない。現在、人々が関心を持っているのは、オメグア人の国のマノアという町である。そこには、船隊がヌエバ・エスパーニャやペルーから運んでくるものよりも、はるかに多量の金が採掘されるのを待っているということだ。呪術で聞こえたボゴタ、自然界の最大の奇跡と言われるポトシ、そしてマラニョンの河口のあいだに広がる地域は、これまで知られているものをしのぐ奇跡でみちみちている。真珠の島が、ハウハの地がある。かの大提督が、乳房の形をした山が盛り上がったある地点から望むことができたと断言している、地上の楽園がある。先年、提督がフェルナンド王に送った書簡のことは、すべての人が知っているはずだ。床屋の金だらいや鍋、馬車の車輪や燭台がすべて金銀でできている土地の秘密を抱いたまま死んだ、あるドイツ人のことも話題になっている。いまも太鼓が鳴って、新規の仕事につこうとする者をつのっており……。ところが、ここでインディアス帰りのファンが巡礼のファンの話をさえぎって言った。大ぜいで押しかけるコルテス流の征服は、かならずしも得策ではない。現在、インディアスで成功を請け合ってくれるのは、鋭い勘や分別という磁石であり、また勅命に定められたことや、識者の非難や、大司教のうるさい説教などあまり気にしないで、他人を出し抜くという強引な遣り口である。かの地では宗教裁判所までが手綱をゆるめている。異端者の肉ではなく、カップのココアを火刑場で温めているとか……。当地で打ち鳴らされている太鼓は富を約束しない。耳を傾けなければならないのは、あちらで鳴りひびいているそれだ。あれこそ、新しい土地への門出を呼びかける声だ。そこでは、男たちは荘園を手に入れるのに以前ほど激しく戦うこともないらしい。しかも、折れた骨を接いだり、インディオ独特の薬草を用いて獣にかまれた傷を治療することのできる、素晴らしい腕をもった医者がそばに控えているのである。

11

翌日、一夜をともにした女にケープの貝殻を与えてから、巡礼のファンはセビーリャに向かった。サンティアゴへの道はもはや念頭にない。インディアス帰りのファンがしきりに咳込んだり痰を吐いたりしながら、そのあとを追っている。山から吹きおろす冷たい風に当たって、風邪をひいてしまったのだ。宿屋のベッドで震えているときなど、彼は、ドニャ・ヨロファやドニャ・マンディンガの二人がひどく堅い皮膚の下に秘めていた熱っぽさを懐しんだ。どんより曇った空を見上げて、太陽が顔をのぞかせることを祈ったが、その答えは雨であった。濡れそぼれた羊たちが泥に足を取られながら、湧水をかこむ緑の草のなかで押し合いへし合いしている、灰色がかった岩と硫黄の石だらけの高原に雨は降りそそいだ。おうむと猿をマントの下に隠し、麦わら帽子で凍つくような風にいどみながら、ゴロモンがさらに彼のあとに続いている。バリャドリの町で、彼らは火刑場の悪臭に迎えられた。ルター派の者がその屋敷を礼拝の集会所にしていたという、ある大臣の囲い者が火刑に処されたのだ。この町ではすべてに、焼けただれた肉やくすぶる悔罪服や、火にかけられた異端者の臭いがしみついている。オランダから、フランドルから、聞こえてくる。幽閉された男の絶叫や、生き埋めにされた女の泣き声や、大量虐殺の叫喚や、母親の胎内で鉄の棒に刺しつらぬかれた胎児の、恐ろしい呻きによる告発の声が聞こえてくる。ある者は、血と涙の洗礼による新しい時代の招来を語り、またある者は、第六戒が破られて、太陽は苦行衣のように黒ずみ、国王も富者も、隊長も強者も、奴隷も自由な人間も、すべてが洞窟や山中に隠れ住むことになるだろうと叫んでいる。ところがシウダ・レアルを過ぎたころから、人々の様子がちがってきた。フランドルのできごとはほとんど話題にならず、人々の心はもっぱら、家を出たきりの息子や、カルタヘナへ移ってからも鍛冶屋を続けている伯父や、リマでりっぱな宿屋を営んでいる別の伯父などの噂が伝わってくる、セビーリャに向けられていた。一族をあげて人々が去っていった村もあるという。石屋は職人たちを、落ちぶれた郷士は馬や召使いをひき連れて出ていくという。インディアス帰りのファンと巡礼のファンは、茄子（なす）の紫とメロンの黄に囲まれ、すいか畑がしまのように走る最初のオレンジ畑の茂みを見て、ともに足を速めた。白ぶどう酒を売る酒場や、尻が聖歌隊席の台石のように突き出ている、色の真っ黒な、あるいは煮つめた梨のような肌の黒人女が、ふたたび目につくようになった。塩水や瀝青（れきせい）、やにの多い材木の臭いがする微風が吹くなかで、人々が賑やかに港の船に乗りこんでいく。二人のファンが拓務院に着いたとき、首飾りをつけた黒人もそうだったが、彼らの様子がいかにも悪党めいていたので、海難除けの聖母マリア様も、聖壇の前にひざまずく彼らをごらんになって、眉をおひそめになった。

「行かせてやってください」セベダイとサロメの子、聖ヤコブは、この手のやくざな連中によって建てられた、多くの新しい町のことを思い浮かべながら言った。「行かせてやってください。あちらへ行ってくれたほうが、わたくしも大助かりで……」

いつもながら抜け目のない魔王のバアルゼブブは、ぼろを着、大きな黒い帽子で角を隠して盲人に扮装した。それからブルゴスへ来て、雨が上がるのを見すまして市でにぎわう路地のベンチの上に立ち、長い爪でギターを掻き鳴らしながら歌った。

いざ騎士らよ！
いざ哀れなる郷士らよ！
貧者らよ、すべての悩める者よ、
これぞ吉報！　喜ぶがよい！
この珍奇なものを見るため
かの地に赴こうとする者は、
今年は、十艘もの船が
セビーリャの港を発って……。

満天の星。空に天の川が、聖ヤコブの道が白く流れている。

闇夜の祈祷

寺尾隆吉訳

1

悪い予感の漂う年だった。気づく人は少なかったが、街は変わり果てていた。床に落ちる物の影が本体とずれているようなのだ。それどころか、邪悪な魂に巣食われた影が物から離れたがっているようだ。突如苔が繁殖して屋根を黒く覆い、玄関の円柱は新たに湿気にとりつかれて、一夜のうちに表面を剝ぎ取られた。それなのに、夜露に陽が当たり始めるとともに、塗装の剝げたバルコニーの手摺から錆びた釘が抜け落ち、バラスターのあちこちに亀裂が走ってひび割れを起こした。いつもと何かが違う。中庭の鳩が黙ったままバラ色の足でバランスをとり、翼をポケットにしまおうとしているように見える。一月の不意な雨が銅と木を取り違えて表面を膨れ上がらせでもしたように、カテドラルの大きな鐘から鳴り響く音がいつもより低く聞こえる。キクイムシもシロアリもいつになく長い旅をしていた。売り子たちが死者に祈る聖歌隊長を気取り、ファルセットで喉の調子を整えている。水っぽい果実が甘いと思う者はもはやおらず、昼顔が木を伝うことなくじっと待っていた。白色以外に活気づくものは何もなかった。花嫁衣裳のラシャはクローゼットの奥で黴だらけになり、夜を待って海へ出た雲は、人気のない入り江で死を迎える帆船の後を追った。

そんな雰囲気のなかで、豪華な十字架と胸当てとモールに飾られたエンナ将軍の葬儀が営まれていた。

2

陽光の下でワックスを輝かせたコントラバスが、黒人の頭上でバランスを取りながらカテドラルのほうへ進んでいった。パンチョンが時々右手を上げてざらついた弦へ人差し指を伸ばし、重々しい音を鳴らした。一時期サンティアゴにはコントラバスの弦が一本もなくなり、ガラスで細くした羊革の切れ端でトリピリのリズムを刻んだことさえあった。だがそれ以来、「豪傑女号(ラ・イントレピダ)」がよく姿を見せるようになった。高みから響く――パンチョンはまさに独活(うど)の大木だった――弦は良質のガットであり、暑さでトーンが上がっていた。通りを満たす音に、住人が窓から顔を出し、炭を運ぶラバの隊列が聞き耳を立てた。

パンチョンが香部屋に着き、コントラバスを傾けて狭い入り口から中へ入れた。すでに楽士が苛々と弓の馬毛に松脂を塗っている。慣れた人差し指が四本の弦を探り、帆の高みでペグが軋む。一本足で去って行くコントラバスを、パンチョンが好奇の目で追っている。香が立ち込めている。堂内はお偉方とレースの扇子でいっぱいだった。喪の垂れ幕のせいで薄暗く、絹の黒い襟元が鉛色に輝いている。司祭が棺台へ近づくと、楽団が一斉に演奏を始めた。高い大窓の一つから陽光が漏れ、ホルンの銅を照らす。

ステッキ職人を気取るファゴットがリードを口へ近づけた。ティンパニーから長いトレモロが転がり出る。怒りの日（ディエス・イレ）の抑揚で唱えられる連祷に、低音が一斉に襲いかかる。突如サーベルが鳴り出す。ラシャが大きく羽ばたき、ショールが前方に落ちた。

パンチョンはカテドラルを出た。厳かな葬儀に興味はない。それに、稼いだばかりの二レアル銅貨でさっさと飲みに行きたかった。そのせいか、彼の影が堂内に取り残され、「塵、灰、無」と刻まれた敷石にこびりついたことにもまったく気づかなかった。影はそのまましばらくそこにとどまり、儀式の終わりとともに山高帽に囲まれた。その後、影は広場を横切り、飲み屋へ入ったが、すでにかなり酔っていたパンチョンは驚いた様子もなくその様子を見つめた。影は猟犬のように彼の足元に横たわった。黒人の影であり、主人にはいつも忠実だった。

3

アグエロの「影（ラ・ソンブラ）」を好む者はいなかった。物悲しいうえに踊りにくいダンス曲であり、どんな楽しい夜会も悲しい色に染めてしまう。

だが、突如として誰もが「ラ・ソンブラ」を求めることがある。まるでエナメル靴を履いた楽団が他の曲をすべて忘れでもするように。ムラート民兵隊の楽団でも同じことが起こっていた。パレードでも行進でも、メリーゴーランドの古い木馬のように同じ嘆き節がぐるぐる回り続ける。繰り返すうちに演奏はたるみ、「ラ・ソンブラ」は文字どおりその影となって、間延びしたリズムがびっこをひくようなると、葬送行進曲の様相を呈してくる。だが、今度は病魔がピアノにまで及んだ。乙女の指の下で黄色い鍵盤が共鳴箱を影で満たす。「ラ・ソンブラ」を習うためだけに音楽学校に入学する者まで現れた。屋根裏に打ち捨てられた古いスピネットや羽製のクラベス、それにシロアリに喰われたフォルテピアノも、かつてはこの邪なダンス曲に惹きつけられたことがあった。もはや手に取る者とてないが、忘れられた楽器たちはかすかに金属的な声を上げて、弦の震えを仲間の弦に伝える。食器棚のコップまで「ラ・ソンブラ」を歌い出し、音楽時計の針も、オルガンのストップレバーとパイプも、皆声を合わせて歌った。

公園は深い悲しみに包まれた。お洒落な男と乙女が黙ったままいっそうのんびり散歩している。街中から胴部の黒いピアノ二百台があの影を唱和し、オフィクレイドとユーフォニアムがどん底の声でその響きにこだまする。「ラ・ソンブラ」を丸暗記したツグミまで現れた。飼い主の理髪師イヒニオは、いまだ新大陸に残る驚異の見本としてイサベル二世に献上しようとしたが、すぐに鳥はツルレイシを喉に詰まらせて死んだ。

4

仮装行列の時期がやってきたが、なんとも悲しいカーニバルで、人気のない通りで子供たちが仮装し、豪雨で行列はばらばらになり、退屈そうな顔を隠す仮面がちらほらと見え、異端審問所からドミノの音が聞こえてくるばかりだった。ダンスに繰り出した乙女は恋人を見つけられず、楽団の士気は上がらない。演奏者の動きは機械仕掛けの人形そのものだった。粗末な紙でできた蛇腹笛とボール紙のラッパが孔雀のような声を上げ、臭い汗でたるんだ仮面が唇の上に魚の尻尾の味を残していった。紙吹雪が時間どおりに着かず、付け鼻が店で待ちぼうけを食った。天使の格好をした少年が、あまりに醜い自分の姿を鏡で見て泣き出した。

そんな時、楽団でサイド・ドラムを叩いていたブルゴスなる者がラ・チャカラ地区の通りへ繰り出し、隊列を組もうと隣人たちに大声で呼び掛けた。十字架の街角に志願者が集まり、その先陣を切ったのは、影を引きずるパンチョンだった。それに続いたのはイシドラ・ミネト、ラ・レチューサ、ラ・ユキータ、ファナ・ラ・ロンカ。三つの甕ドラムが先頭に立ち、何か「ラ・ソンブラ」と違う歌を歌わねばならないというので、突如こんな節回しが屋根を越えて舞い始めた。

アイ、アイ、アイ、誰が泣いてくれるんだ？
行くぞ、行くぞ、行くぞ、ローラが行くぞ、行くぞ！

ブルゴスの隊列は中心街へと上っていった。通りに差し掛かるごとに新たな歌い手が加わった。市議会長、ギルドの管財人、民兵隊士官、看守、経済同好会メンバー数名、そしてサンティアゴ司教までがバルコニーへ出て行進を眺め、つられてカテドラルの音楽主任も右足でリズムを刻んだ。夜になると大きな街灯が点され、プエルト・ボニアトの高台からでも光が見えるほどだった。街灯は屋根の縁でよろめき、飲み屋で小休止した後にまた歩き出す。くるくる回るその光は、四十年前なら大掛かりなオペラでよく使われた機械仕掛けの太陽を彷彿とさせた。
不思議なことに、わずか数日で隊列は何倍にも膨れ上がった。サンティアゴが到着した時には、十以上の行列が街を闊歩し、「ラ・ソンブラ」を葬り去ったこの歌を合唱し続けていた。

アイ、アイ、アイ、誰が泣いてくれるんだ?
行くぞ、行くぞ、行くぞ、ローラが行くぞ、行くぞ!

5

八月十九日、祈祷と軽食の後、劇場の玄関は大盛り上がりだった。ストライプのネクタイにフロックコートを襟元までぴっちりしめた詩人と演奏家がそれぞれの仕方で迎えに出てきた。レースと香りを纏った乙女たちが到着し、付き添いの母たちは、鐙(あぶみ)から足を外すと同時に対岸の波止場まで馬車を追いやった。鞭打ち、胴の身震い、平石に火花を散らす青っぽい馬蹄、そんな仰々しい作法でサンティアゴの社交界はリハーサルに押し寄せた。日替わりの女優たちは、修道女学校の女生徒らしい字で学習帳に台詞を書き込んでいた。「大世界への入場」で主役を務めることになっていた少女は、イサベル・ガンボリーノと張り合った著名歌手や農園主の愛人、俳優の妻など、それまで数多の女が裸になった楽屋を独り占めした。白い陶器の皿にはまだ上気した赤みが残り、カップの底にはマスティックが染み出している。壁の一面には、ラバ追いの掛け声が口紅でしっかり刻みつけられている。カナリア色の絹で覆われたソファーには深い窪みができており、そこに腰掛けた者たちの数を覗わせた。

プロンプターがボックスのなかを滑るように動いた。病院の慈善事業として翌日上演されることになっていた「大世界への入場」のリハーサルが始まる。八月なのに寒い日だった。観客席は闇に包まれており、蜘蛛たちが調子外れな動きで体を震わせていることに気づく者は誰もいなかった。

6

八月二十日、十時のミサでアニュス・デイが奏でられるや否や、カテドラルの二本の塔が垂直に交わり、後陣の十字架に鐘の音が降り注いだ。一瞬、街の展望が困惑する。通りで家の庇がせめぎ合う。壁が様々な方向に屋根を散らして宙に浮かせ、羽の折れた風車にぶつけて粉々にする。ラバが煤まみれで急坂を転げ落ち、腹帯に脚をとられたまま尻尾止めに鞭打たれる。庭のバラが飛び立ち、川から逸れた溝や小川に落ちる。そして、地面が緩み、蜂に刺された馬の尻のように揺らいで歩道が崩れるとともに、開いていたものが閉じ、閉じていたものが開く。駆け出し、叫び声を上げ、コブレの聖母に呼びかけながらも、通りを辿れば行きつく先は乙女の寝室か公証人役場の文書室でしかないことがわかっている。三度目の揺れで、家具も踊り始めた。クローゼットが欄干を越えて逃げ出し、開いた腹からシーツとテーブルクロスのはらわたが飛び出す。食器が一斉に破裂する。ガラスがブラインドに嵌まり込む。櫛やカメオ、暦や銀板写真が詰まって亀裂が広がり、縁石の崩れた貯水槽から港に向かって水が溢れ出たため、街は幾つもの島に分断された。

布やラシャ、フェルトの上に血が広がったところで、ようやくすべてが終わった。鎖から下がったままの懐中時計が、死んだ時計より一分足らずだけ進んだ時間を刻んでいる。その場に立ち尽くしていた男たちは、その時初めて地震を体験したことを知った。どこから出てきたのか、大量の蠅が地面すれすれに飛んだ。

7

影はすでに次々と警告を発するのにも疲れ果て、街を去ろうとしていた。地震の一カ月後、多くの通行人が壊れた泉へ駆け出した。どこの馬の骨とも知れぬ女が――おそらく余所者だろう――、両手両足を広げてネプチューン像の足元に倒れた。イルカが濁った水を吐き続け、喪に紛れて生え出してきた雑草の成長を助けた。一日のうちに、街のあちこちで同じ光景が何度も繰り返された。突如街角で、誰かが紫がかった顔と青っぽい角膜を見せて崩れ落ちる。竈に火が入ってもパン焼き職人は現れず、多くの馬が馬蹄で不吉なリズムを刻みながら誰も乗せず家へ戻ってくる。

それでも、予告されていた舞踏会は決行された。すでに十分すぎるほど不穏な影が差しているのに、これ以上心配事を増やすことはない、そう議長は判断したのだ。それに、「大世界への入場」の出演者をもう一度集めて、病院の慈善活動を再開せねばならない。序盤こそ順調にいっていたが、二曲目のコントルダンスで一組のカップルが大理石の床を転げる。コントラバス奏者が演壇から転げ落ち、泡だらけの弓が足に縛りつけられた弦を引き剝がす。覚束ぬ手が玉房を摑み、大広間のコンソールテーブルを飾っていた中国製の陶器の上にビロードが崩れ落ちた。
指揮者は「ラ・ソンブラ」のリズムを刻み続けているが、演奏者たちは楽器をしまい、譜面台の縁に置かれていた蠟燭を消して、使用人部屋に続くドアのほうへ逃げ去った。香水の瓶が階段の幅広い手摺を何度も行き来する間に、招待客は怯えた声で御者を呼びつける。その日の夜、街を捨てて近郊のコーヒー農園に身を隠した者は数知れない。だが、椅子のビロードは不穏な温もりに満ちていた。空には、キヅタでも纏ったように輪郭のぼやけた緑っぽい月が浮かんでいた。

8

「大世界への入場」の出演者たちは、すぐに本物の大世界に入場した。庭の真ん中に病院が建てられ、瀕死の病人が「夜、バラの成長が早すぎるせいで寝心地が悪い」とこぼす事態が繰り返し起こった。死者の数が多すぎ、カナリア諸島出身のがらくた売りに荷車を借りてサンタ・アナ霊園まで運ばねばならなかった。過ぎ行く荷車を挑発するように、こんな掛け声を発するのが習慣となった。

行くぞ、行くぞ、行くぞ、ローラが行くぞ、行くぞ！

コレラもパンチョンの渇きを鎮めることはなかった。コントラバスの代わりに死体を頭に乗せて運び始めた。癖でいつも弦を探ったが、腹鳴以外の音は鳴らなかった。空の高みで影が折り重なり、角を曲がるごとに新たな遠近法を宙に描き出したが、彼の気にはならなかった。学問とはほぼ縁がなかったが、それでも表札ぐらいならおぼろげに意味のわかることがあり、とりわけ印刷所のインクや文字の配置が手掛かりになった。「大世界への入場」のポスターを見ると、死体ともども深く一礼した。両者の間に不思議な関係が間違いなく存在していた。

ラ・レチューサとファナ・ラ・ロンカが同時に倒れた時には、さすがのパンチョンも安穏としていられなくなった。その日は、できるだけ近道を通って死体を運ぼうとした。だが、霊園の塀を越えて頭をのぞかせたヒマワリを見ると、自分の人生の美しさを思ってみずにはいられなかった。少しずつ曲が歩調に合っていった。

誰が泣いてくれるんだ？
行くぞ、行くぞ、行くぞ、ローラが行くぞ、行くぞ！

十月半ば、イシドラ・ミネトやユキータ、ブルゴスを含め、隊列の全員が共同墓地に雑然と横たわった。サンティアゴの街から影の数が減っていた。

9

ある日の朝、街は完全に姿を変えた。中庭には子供の玩具があり、帆を広げて豪傑女号が入港した。

トランクから白装束が現われ、空気は軽くなった。街角に潜む最後のオーラが鐘の音に怯えて散り散りになり、カタツムリが再び歌い始めた。

十二月二十日はカテドラルのテ・デウムだった。オルガン奏者は即興に耽っていたが、突如ぎくりとして広場のほうを振り返った。そこにいたのは、あらゆる車軸から軋みを立てる「ローラ」だった。パンチョンは御者の後ろでエスパルティージョ草の束に突っ伏し、その足が膨れ上がっていた。少しずつ昇階唱の形が変わってきた。低音が典礼の言葉に合っていないことに気づく者もいた。ペダル操作のうちに、ゆっくりしたテンポではあったが、「行くぞ、行くぞ、ローラが行くぞ、行くぞ」の旋律がかすかに流れ出した。耳の遠い司祭はその節回しに気づきもしない。復活祭が迫っていたせいか、オルガン奏者の手元が狂ってビジャンシーコを奏で始めたのだと思っただけだった。

逃亡者たち

寺尾隆吉訳

1

痕跡は木の根元で消えていた。そよ風が吹いて、腐った果実の窪みにへばりついていた蠅の群れが飛び上がるたびに、強い黒人臭が確かに感じられた。しかし犬は――単に「犬」としか呼ばれたことがない――疲れていたせいで、転げ回って雑草に背中の毛をこすりつけ、全身の筋肉を緩めただけだった。遠くで追跡部隊の叫び声が夕闇に紛れていた。黒人臭がまだ感じられる。逃げた黒人はおそらく頭上のどこかで枝に跨って身を潜め、聞き耳を立てて目を光らせているのだろう。だが、犬は捜索への興味を失っていた。ちょっと触れただけで永久に消えてしまいそうなつる草を纏った地面から、別の臭いが立ち昇っている。雌臭。牙に笑みを浮かべて仰向けに転げ回っているうちに背中に臭いがこびりつき、舌を肩甲骨の間へ伸ばしてみるが、短すぎて届きはしない。

影が次第に湿ってきた。犬は半回転し、四つ足で降り立つ。製糖工場からゆっくりと鐘の音が届き、両耳を立てる。谷間では霧と煙が一つに混ざり合い、不動の青っぽい靄の上に、レンガ造りの煙突や庇の大きな屋根、教会の塔、湖の底で灯ったような光が、シルエットとなって浮かび上がる。犬は腹を空かせている。向こうには雌臭しか感じられず、まだ時折黒人臭に包まれる。だが、盛りの臭いに誘われて自らの盛りまでが臭い始め、それが他の臭いを圧倒する。犬の後ろ脚がまっすぐ伸び、首が持ち上がる。熱を帯びた切れ切れの荒い息遣いのリズムに合わせて、肋骨に支えられた腹が上下する。太陽を浴び過ぎた果実が湿った音を立ててあちこちに落ち、生ぬるい果肉の香りを地面にばら撒いた。

人夫頭の綱に追われてでもいるように、犬は尾を下げて山のほうへ駆け出し、方向感覚を失った。雌臭がする。嗅覚を頼りに跡を辿ると、時折ふり出しに戻りながらも、曲がりくねった筋となって伸びており、いったん道を外れたかと思えば、アロモの棘でまた強く鼻を突き、腐葉土になりかけた枯葉の間で消えたものの、尻尾でひと掻きされた土からまたも予期せぬほど強く立ち現われてきた。犬はいきなり、うねうねと伸びる透明な筋を離れ、フェレットに飛び掛かる。二度体を振ると、手袋の内側で鳴るカスタネットのような音とともに背骨が砕け、獲物を木の幹に投げつける。今度は足を一本浮かせたまま突如立ち止まり、山から下りてくる遠吠えに聞き耳を立てる。

製糖工場の犬の群れとは違う。吠え方が違う。喉の奥から絞り出したように荒っぽく悲痛な響きがあり、力強い牙のせいでかすれている。どこかで、彼のように鑑識番号付きの銅の首輪をしていない雄たちが格闘しているらしい。それまで聞いたどんな咆哮よりも狼の雄叫びに近いその見知らぬ声を前に、犬は怖気づいた。思わず反対方向へ駆け出し、草木が月に染まるまで走り続けた。雌臭は消え、黒人臭が立ち込めていた。果たしてそこに、縦縞のズボンを履いた黒人がうつ伏せに眠っている。夜明け前に鍋や藁ベッドの並ぶあの場所で響き渡る鞭の音に紛れて耳に届いた言いつけを思い出し、黒人に飛び掛かりそうになった。だが、格闘する雄犬の咆哮がどこからともなく届いて、身を固める。黒人の脇には歯型のついた骨が捨てられている。犬はゆっくりと近寄り、疑り深く耳を立てながらも、蟻を蹴散らして肉にありつこうとする。犬たちのおぞましい咆哮が恐くてしかたがない。当面黒人のそばにいるほうが得策だろう。しばらく様子を見よう。だが、南風に煽られて危険は消え去る。犬は、三度回った末に、疲れた体を丸めて横たわる。足が悪夢を駆ける。夜明けとともに、女とたっぷり寝たような顔で黒人が体に腕を回してくる。犬は温もりを求めてその胸に飛び込む。二人とも逃走中で、同じ悪夢に神経を擦り減らしていたのだ。

物見遊山に降りてきた蜘蛛が糸を手繰り、夜から葉を出し始めていたアーモンドの樹幹に姿を消した。

2

逃亡奴隷（シマロン）と犬は、いつもの習慣で、製糖工場の鐘の音とともに目を覚ました。体を寄せ合って一緒に眠っていたことに気づき、思わず身を正した。両者とも木の幹に背中をつけて長々と顔を見合わせる。犬は主人を求め、黒人は親愛の情を見出そうと意気込む。谷が背伸びする。黒人を急かす鐘に、今度は礼拝堂から紋章入りの鐘が低くゆっくりと答え、牛や馬の鳴き声をコーラスにして日陰から日向へと揺れ動くその青っぽい音が、マホガニーの高い屋根の下で眠る者たちに物憂げな朝の知らせを届ける。朝早くから雄鶏がせわしなく雌鶏を追い回しているうちに、女中頭がやって来て、卵を産んだか確かめようと指で探り始める。孔雀が母屋に向かって羽を広げ、辺りをうろつきながら、声を上げて体を温める。

馬たちが延々と圧搾機の周りを回り始める。パンとサトウキビの搾り汁で満たした鍋に向かって、黒人たちが祈っている。シマロンはズボンの前を開け、セイバの根元に泡の跡を残す。犬がまだ若いグアバの木に向かって後ろ足を上げる。サトウキビ農園ではすでに鉈が振り上げられている。逃亡奴隷を追跡する役回りのブルドッグが鎖を揺らし、前庭へと勇み込んでいる。

「一緒に来るか?」シマロンが問いかけた。

犬はおとなしく従った。後悔して戻ったとしても、下で待ち構えているのは鞭や鎖だけだ。雌臭は消え、黒人臭も感じられなかった。今や犬の鼻は白人臭と危険臭に集中していた。糊の利いたシャツにはアイロンがかかり、豚革のゲートルの靴墨から鋭い臭いが立ち昇っていたが、それでも人夫頭には白人臭があった。レースから香水の匂いを漂わせたお嬢様方も同じ。司祭とて、礼拝堂の爽やかな影を濁らせる香や溶けた蠟の臭いを纏っていても同じこと。オルガン奏者でさえ、毎日のようにパイプから虫に食われたフエルトの息吹を浴びていても、同じ臭いが消えない。この白人臭から逃げねばならないのだ。犬は完全に寝返っていた。

3

最初の数日は、犬もシマロンも安定した食事が恋しくなった。犬は、毎日夕暮れ時に前庭でバケツからぶちまけられていた骨のことを思い出した。シマロンには、お祈り休憩の後や、日曜日に太鼓をしまった後に、バケツで小屋に運ばれてくるコングリが懐かしかった。やがて二人は、鐘の音にも足蹴にも邪魔されることなくのんびり朝寝坊した後、狩りに繰り出すようになった。犬が杉の葉に隠れたフティアを嗅ぎつけると、シマロンが石でこれを仕留める。野生化した豚の足跡を見つけた時には、時間をかけて狩に臨み、耳を割かれて咆哮に震え上がってもまだ抵抗を続ける獲物を大岩の麓まで追い詰めた末、棍棒で打ちのめした。犬もシマロンも定時に食事をとっていた頃のことを少しずつ忘れていった。捕えた獲物は、この時とばかり一気にできるだけたくさん丸呑みし、明日雨が降って、上から石を伝って流れてくる水が谷底を絨毯のように埋め尽くす事態に備えた。幸い、犬は果物も食べるため、マンゴーやマメイの木を見つけると、シマロンと一緒に口を黄色や赤色に染めた。しかも、この地にはいつも鳥の巣が多く、ウズラの巣でも見つかれば、その卵を存分に堪能できた。シマロンはなぜか川海老が大好物で、へばりついたカタツムリで輝く地下水脈の出口で流れに逆らって眠る獲物を簡単に仕留めた。

二人は、生い茂るシダのカーテンに覆われた洞穴に住みついた。鍾乳石があちこちから同時に泣き出し、寒々しい影を時計の音で満たしている。ある日、犬が壁の麓を嗅ぎ始め、すぐに歯が大腿骨とあばら骨を探り当てたが、あまりに古いので、味がするどころか、ぱさついた味気ない塵となって舌の上で崩れ落ちた。そして、ボアの革でベルトを作っていたシマロンのもとにしゃれこうべを運んだ。土器の残骸や石のナイフのなかに生活の役に立ちそうなものもあったが、死者のそばに住むと考えただけで耐えられないシマロンは、同じ日の午後、雨のことも忘れて、祈りの言葉を口にしながら洞穴を後にした。二人は根と種の間で眠り、同じ濡れた犬の臭いに包まれた。夜明けとともに新たな洞穴を探し当てたが、天井が低く、人は四つん這いにならなければ中へ入ることができなかった。少なくとも人の骨は見当たらず、幽霊や邪気に悩まされることはなさそうだった。

長らく追手が来る様子もなかったので、二人は思い切って道へ出てみることにした。時折、顔見知りの馬車引きやイエスの格好をした信心深い女、町ごとの守護聖人を知り尽くした流しのギター弾きが通ることがあり、二人は遠くから黙ってその様子を眺めた。シマロンは何か待っているらしく、何時間もギネア草の藪にうつ伏せたまま、人通りのまばらな道——牛蛙がひとっ飛びに越えることがある——をじっと見つめている。犬は退屈任せに白い蝶の群れを蹴散らし、スパンコールを纏ったハチドリをジャンプして捕まえようとむなしく奮闘した。

ある日、何を待つともなく何かを待っていると、蹄(ひづめ)の音が聞こえてシマロンは顔を上げた。小さな馬車が、製糖工場の黒馬に引かれて全速力で近づいてきた。御者のグレゴリオが轅(ながえ)に立って鞭を鳴らし、その後ろで司祭が秘跡の鐘を振っている。馬より速く駆ける楽しみをかなり前から忘れていた犬は、思わず節度を忘れて馬車めがけて一目散に走った。陽を浴びて青く見える体を伸ばして四つ足で駆け下り、馬車に追いついたところで、馬の後脚にまとわりつくようにして吠え始め、御者と司祭に向かって歯を剝き出しにしながら、右へ、左へ、前へ、抜かれてはまた追いつきを繰り返した。馬は跳ね上がり、轡(くつわ)を引っ張ると同時に遮眼帯を振り払った。その瞬間に轅は折れ、引綱が外れた。人形のように仰々しい身振りを見せた後、司祭と御者は頭から真っ逆さまに石の小橋へ突っ込んだ。周りの土が血に染まった。

シマロンが駆けつけた。体を引きずって赦しを請(こ)う犬をつる草で打ちつけるが、咄嗟(とっさ)に我に返り、むしろこれでよかったのではないかと思い直す。ストラを含めた僧服一式と、御者の上着やブーツをせしめた後、あちこちポケットを探ると、五ドゥーロ近くの金になった。そして銀製の鐘。山賊たちは山へ帰り、その日の夜、僧服に身を包んで寝たシマロンは、すでに忘れていた心地よい眠りを貪った。集落の外れで遅くまで燃え盛っていた石油ランプと虫の死骸のことが頭に浮かび、かつて二度、新年の祝いにボーナスをもらって、何に使ってもいいと言われた時のことを思い出した。当時の彼は、もちろんすべて女に使った。

4

ある時、夜が明けると春になっていた。犬は、両後脚の間に耐えがたい張りを感じ、目に邪な色を浮かべて目を覚ました。暑くもないのに息が上がり、牙の間から舌を伸ばすと、皮膜に鋭い柔らかみが感じられる。シマロンは独り言を呟いていた。二人とも不機嫌で、狩りのことは忘れて朝早くから道へ出ることにした。犬はでたらめに駆け、何か嗅ぎつけようと頑張ったが、無駄だった。ずっと憎らしく思っていた虫を殺す喜びのためだけに殺し、歯で草の茎を噛み切り、柔らかい灌木を引っこ抜いた。カエルの唾に目を濡らされた時には、我を忘れて激昂した。シマロンはいつになくじっと待った。だが、その日は誰も現われなかった。夜になり、最初のコウモリが石のつぶてのように辺りを舞い始めると、シマロンはゆっくりと製糖工場の集落へ向かって歩き出した。犬も後に続き、同じ綱、同じ鎖を挑発した。渓流に沿って小屋へ近づいていくと、薪の焼ける懐かしい臭いとともに、灰汁(あく)や糖蜜が鼻を突き、馬蹄を磨く様子も感じられた。辺り一面に際限なく甘いマーマレードの匂いが立ち込めているところを見れば、どうやらグアバの菓子を作っているらしい。犬とシマロンは、頭の高さを揃えて横並びで近づいていった。

そこに突如、奴隷の黒人女が現れ、鍛冶場へ続く道を横切った。シマロンは彼女に襲いかかり、バジルの茂みに押し倒した。大きな手が叫び声を押し殺す。ひとりになった犬が前庭の境まで進むと、ドン・マルシアルがパリの展覧会で手に入れたイギリス産の雌犬がそこにいる。逃げようとしたが、全身毛を逆立てた犬に行く手を阻まれる。強い雄臭に包まれた雌犬は、数時間前にカスティージャ製の石鹸で体を洗ってもらったことさえ忘れてしまう。

犬が洞穴へ戻ったのは夜明け頃だった。シマロンは僧衣に身を包んで寝ていた。下を流れる川では、二頭のマナティがイグサの間でじゃれ合い、ジャンプして水を濁らせては、泥の上に雲のような泡を残していた。

5

シマロンは次第に節度を忘れた。今や平気で集落の付近をうろつき、一人で仕事に励む洗濯婦や、魔よけ用のコリアンダやエニシダ、ピタヤなどを探すサンテリアの娘を狙った。さらに、大胆にも司祭から奪ったドゥーロで通り沿いの飲み屋で豪遊して以来、すっかり欲の皮が突っ張ってしまった。小道の脇に身を潜めて、農夫が通ると馬からなぎ倒して棍棒で打ちのめし、その腹帯を奪ったことが一度ならずあった。犬もそんな冒険に付き合い、できるだけ彼を助けた。だが、食事は以前より悪くなり、ウズラや鶏や鷺の卵を貪欲に追い求めねばならなかった。それに、シマロンは絶えず身の危険を感じていた。犬がちょっとでも吠えれば、盗んだ鉈に手を伸ばし、木に登ることさえあった。

春の危機が去ると、犬はますます町に近寄りたがらなくなった。石を投げてくる子供や、いつ蹴飛ばしてやろうかと身構える大人には事欠かず、中庭で飼われていた犬たちは、野良犬の接近を嗅ぎつけるや否や、猛烈に吠え始める。それに、シマロンが夜な夜な千鳥足で戻って来ると、その口から煙草と同じくらい不快な臭いがまき散らされた。薄暗い住処に主人が入って来ても、犬は遠巻きに眺めているだけだった。だが、そんな生活が続いたのも、シマロンが女の部屋に長居しすぎたある晩までだった。用心深い男たちがライフルを手に小屋を取り囲み、すぐにシマロンは裸のままおぞましい叫び声を上げて外へ引きずり出された。製糖工場の人夫頭の臭いを嗅ぎつけた犬は、サトウキビの茂みを抜けて一目散に山へ駆け出した。

翌日、町へ連行されていくシマロンは、全身傷だらけで、傷口に塩を塗りたくられていた。首と踝に鎖をかけられ、随行するサン・フェルナンド治安警察の隊員四名が、二歩ごとに彼を鞭打ちながら、泥棒、酔っ払い、死に損ない、などと罵声を浴びせていた。

6

谷を一望できる石のコーニスにしゃがんで犬が月に吠えている。寒々とした大きな星がまん丸く見え、草木にぼんやり光を落とす頃になると、深い悲しみに囚われることがある。雨の夜に洞穴を照らした篝火は二度と灯されることがなかった。迫り来る冬に向けて、人の温もりを求めることは――僧衣を自由に使っていたが――もはやできず、寝る時邪魔になる銅のスタッズ首輪を外してくれる者もいない。いつも狩りをせねばならなかったが、食べられない生き物を殺すことはかえって少なくなった。かつてなら、ボアが出れば、シマロンがベルトにしたい、あるいは獣脂を絞りたいというので、急き立てられてやむなく追い回したが、今や熱い石の間に隠れていても吠えることさえしない。だいたい、蛇の臭いなど我慢がならない。かつては蛇の尻尾を捕えることもあったが、それは主人に仕える者の義務として行っていただけだ。よほど食べ物に困ってでもいないかぎり、もはや野生豚と格闘する気にもならない。水鳥やフェレットやネズミ、そしてどこかの囲いから逃げてきた雌鶏がいれば、それで十分だ。製糖工場のことも頭から消え、鐘の音もすっかり意味を失っていた。犬は人跡未踏の山中に安住するようになり、新品の荷鞍のような音を立てて風に揺れるドラセナや野生の蘭、ミミズカズラの間で、耳の白い緑トカゲ——食べても不味く、そのまま放っておくしかない——とともに暮らし始めた。体は痩せこけ、窪みの目立つ脇腹の毛には、棘の落ちた種子がいくつも絡みついている。

クリスマスが過ぎ、春が戻ってきた。ある日の午後、妙な不安で眠れずにいた犬の鼻に、あの不思議な臭い、かつて彼を山への逃亡に駆り立てたあの激しくしつこい雌臭が届いた。犬はしっかりと臭いを嗅ぎとり、泳いで小川を渡った後、行く手を見定めた。もはや恐れるものは何もない。一晩中鼻を地面につけて、舌の先から涎を垂らしながら跡を辿る。夜明けに渓谷へ出ると、同じ臭いに溢れており、そこにいたのは野犬の群れだった。狼のような顔の雄が数匹、目をぎらつかせて身を寄せ合い、脚に緊張感を漲(みなぎ)らせて攻撃の構えを見せている。その後ろに雌臭が充満していた。

犬は高く飛び上がった。野犬の群れが襲い掛かり、咆哮が乱れ飛ぶなかでいくつもの体が交錯した。すぐに銅のスタッズに触れて悲鳴が上がり、多くの犬の口から血が流れ落ちる。耳を裂かれた犬もいる。

すでに喉を怪我していた古参の野犬に向かって犬が飛び掛かり、残りの犬たちはやりどころのない怒りを噛みしめて後退った。舞台の中央へ躍り出た犬は、牙を剝き出しにして待ち受ける剛毛の雌犬に最後の闘いを挑む。臭いの出所は、その灰色の腹の下だったのだ。

7

野犬は群れで狩りをする。頑丈で肉付きのいい大物を狙うのもそのためだ。鹿を見つけると、狩りは何日も続く。まず、追跡。そして、獲物がひとつ飛びに崖を越えることがあれば、迂回。さらに、獲物が洞穴へ逃げ込めば、包囲。体や目に怪我を負うことはあるが、群れの牙から逃れおおせる獲物はおらず、まだ生温かい体に殺到する野犬たちは、黒い毛に覆われた生皮を剝ぎ取り、頸動脈や剝がれた耳の付け根にかぶりついて新鮮な血を飲み始める。角にひと突きされて片目を失った野犬は多く、皆全身傷だらけで、固まった血が毛にこびりついている箇所も多い。盛りがつくと雄同士の喧嘩があり、雌たちは驚くほど無関心に寝そべって結果を待ち受ける。時折、風に乗って製糖工場の鐘の音が耳に届くことがあるが、犬にはもはや何の感興も引き起こさない。

ある日、傷つく者を毒殺しかねないつる草や棘、不吉な植物だらけのセルバで、犬たちは馴染みの臭いを嗅ぎつけた。黒人臭だ。犬たちが注意深くカタツムリだらけの小道を進んでいくと、死者の顔をした古い石が見えてくる。人間たちは骨やゴミを道端に捨てていくことがある。用心するに越したことはない。後脚だけで歩くあの危険な動物たちは、棒など様々な道具を使って、体のかなり先まで手を伸ばしてくる。群れは吠えるのを止めた。

突如男が現れる。黒人臭。手首から下がる壊れた鎖が歩行とリズムを合わせている。裾のほつれたストライプのズボンの下で、もっと太い鎖が音を立てている。犬にはそれがシマロンだとわかった。

「犬よ!」黒人は叫んだ。「犬よ!」

犬はゆっくり近づいて足の臭いを嗅ぐが、黒人の手から身をかわし、尻尾を振りながらその周りを回る。呼ばれても逃げるばかり。呼ばれていない時は、かつては何となく理解していたものの、今となっては妙な、服従を求める危険な響きでしかなくなった人の声を自ら求めているようにも見える。ついにシマロンは一歩前に踏み出し、白い手の平を犬に差し出す。犬は鈍い咆哮と悲鳴の入り混じったような不思議な叫び声を上げ、黒人の首に飛び掛かる。

突如として、黒人奴隷が山へ逃げたあの日、製糖工場の人夫頭から聞いた古い掛け声を思い出したのだ。

8

雌臭は途絶え、平和な時期に差し掛かって、野犬たちは二日間も存分に安眠を貪った。枝の上を舞うヒメコンドルは、犬たちがすべて食い尽くすことなく立ち去ってはくれぬものかと待ち侘びている。犬と灰毛の雌犬はいつになく愉快にじゃれ合い、黒人の遺したストライプのシャツを玩具にしている。それぞれ両側から引っ張って、牙の強さを試す。縫い目がほつれて真っ二つに裂けると、二匹は転がって砂埃を立てる。そして、どんどん小さくなっていく布切れにまた両側から噛みつき、鼻をくっつけて目を見つめ合いながら、また同じことを始める。ついに出発の合図が出た。木の生い茂る稜線の高みに咆哮が消えていった。

その後、何年もの間、山へ分け入る者たちは、骨と鎖に毒されたあの小道に、夜は近づきたがらなかったという。

選ばれた人びと

鼓直訳

1

夜明けから無数の丸木船が集まった。その源を知る者のいない《上手の河》と《右手の河》が人眼につかぬところで合流して生じた湖、もしくは内海の広い水面に、船脚の速い、細身の丸木舟が派手に滑り込んでくる。舟子が櫂をあやつり、小舟をぴたりと停める。そこにはすでに別の丸木舟が集まっている。道化きどりで舳先から艫へと飛び、余計なむだ口や軽口をたたいたりしている多勢の人間を乗せて、押し合いへし合い、船べりを接して停まっている。連中のなかには仲のわるい――女の略奪や食物の奪い合いが原因で、昔から仲のわるい――部族の者も混じっているが、今はいがみ合う気配を見せない。争いなど忘れたかのように――さすがに言葉は交さないが――うつけた笑いを浮かべて、ただ相手を眺めている。ワピシャン族とシリシャン族の姿が見えるが、彼らは昔――二百年か三百年、いや四百年ほど前――蛮刀を振るって闘い、双方に多数の死者を出したものである。闘いの凄絶なこと、時には、生き延びてその模様を伝える者さえいなかった。しかし、草木の汁で顔を彩った道化たちは、相変らず丸木舟から丸木舟へと飛び移っていた。鹿の角をかむった大きな陽根が目立ち、睾丸から垂れ下がった貝殻がタンバリンやカスタネットのように鳴った。この泰平ぶり、あたりに満ちあふれたこの平穏さは、あとからやって来る男たちを驚かした。彼らは、手早く解けるように紐でからげた用意の武器を取り出しかねて、丸木舟の底の手の届くところにそれを隠した。ところで、このように小舟が集まり、敵対する人びとのあいだに平和が生まれ、道化たちが騒ぎ回るという事態が生じたのには然るべき理由があった。あらゆる部族の者に――激流を越えたところに住む部族や土地なき部族、火を知らぬ部族や健脚で聞こえた部族、白く雪化粧した峰々に住む部族や《流れの合わさる遠い土地》の部族の許に――長者が大がかりな仕事を計画し、助けを求めているという報せが伝えられたのである。敵味方の別なく、部族の者たちは長老アマリワクを尊敬していた。その知慧や博識、長寿や良き助言の故であり、またあの遠い山の頂きに一枚岩を三つも運び上げた、その怪力の故でもあった。ちなみに、人びとは雷鳴の轟くのを聞くたびに、あのアマリワクの太鼓が鳴っている、と囁いたものである。勿論、アマリワクは神ではなかった。しかし、まことの叡智をそなえた人物で、通常の人間の近づきがたい多くの事柄を心得ていた。恐らく昔、《万物を産んだおろち》と言葉を交えたことがあるのだ。これこそは、片方の手でもう一方の手の指先をなぞるように峰々の上に横たわりながら、人間の運命を支配する恐るべき神々を産み、虹にまがうおおはしの美々しい嘴というかたちで彼らに善を、また、小さく細い頭に猛毒を秘めた珊瑚蛇というかたちで悪を授けた大蛇なのである。人びとのあいだでは、アマリワクも耄碌してよく独り言をいい、自分で自分に愚かしい返事をし、まるで人間が相手であるかのように壺や籠、迫持（せりもち）の材木にものを訊いたりしている、という噂がもっぱらだった。しかし、この《三つの太鼓の長老》がわざわざ人を呼び集めたとすれば、それは、何らかの変事が迫っているからに相違なかった。だからこそ、《上手の河》と《右手の河》が合流して出来上がった穏やかな水面は、その朝、丸木舟で満ちあふれ、埋まったのだ。

広い演壇のように水面に顔を出している平らな岩の上に、長老アマリワクが姿を現わし、あたりが静まり返った。道化たちはめいめいの丸木舟に戻った。呪術師たちはよく聞こえるほうの耳を彼に向けた。女たちは臼の上で円い石を動かす手を休めた。後方の遠い小舟からでは、長老が老いさらばえたか否かを見定めることは不可能だった。平らな岩の上に立った長老は、芥子粒のように小さいが活発な、蠢く虫としか見えなかった。やがて、長老は手を挙げて語り始めた。《大変事》が人間の身に迫っている、と告げ、今年は蛇が樹上に卵を産んだと教えた。そして、今は理由を説明することは出来ぬが、この大きな災禍を避ける最善の策は、丘へ、山へ、峰続きへ逃れることだ、と語った。「あんなところには草一本、生えていないぞ」意地のわるい笑いを浮かべて長老の話を聞いているシリシャン族のひとりに、ワピシャン族の男がそう囁いた。ところが、上流からやって来たカヌーが集まっている遠い左手のほうで、叫び声が上がった。一人の男がわめいた。「こんな話を聞かされるために、俺たちは二日と二晩、舟を漕いできたのか？」右手にいた連中も騒いだ。「いったい何事だ？」左手の連中がわめいた。「苦しむのは、いつも、力のない者たちだ！」右手の連中が叫んだ。「ともかく話を聞こう！　彼の話を聞こう！」長老がふたたび手を挙げた。道化たちはふたたび沈黙した。長老は、神の啓示によって知ったことを、ここで明かすわけにはいかぬ、と繰り返した。そして差し当たり、出来るだけ短時日のあいだに大量の材木を伐り出す人手が必要であると言った。玉蜀黍（とうもろこし）——彼の畑は非常に広かった——と、彼の庫にあふれているタピオカの粉が代償に与えられるだろう。子供や、呪術師や、道化を引き連れてやって来た者には、必要なものがすべて、いや、後日わが家へ持ち帰ることが出来るものさえ与えられるだろう。今年は――と言ったときの長老の声は妙に嗄(しやが)れていて、彼をよく知る者たちをいぶからせた――雨季が訪れても、皆が飢えに苦しむことはない。地中の虫を貪ることもない。何はともあれ、まず、樹をすべて伐り倒さねばならぬ。樹の根元を焼いて地上に倒し、大小の枝に火を放って、あの向こうに聳える――と長老は指差した――《三つの太鼓》のように傷のない、滑らかな丸太を切り出さねばならぬ。坂を転がし、水に浮かべて運び出された丸太は、あの空地に――と言いながら長老は、自然に出来た広々とした平地を指さした――積み上げるがよい。そこで小石を使って、ここに集まった部族のそれぞれが運び出した丸太の数を計算することにしよう……。長老の話が終わった。人びとの喝采もおさまり、ただちに仕事が始まった。

2

「長老は狂ってしまった」とワピシャン族の者が言い、シリシャン族の者がそれを繰り返した。グアヒボ族やピアロア族の者も同じことを言った。長老が引き渡された丸太で、人間が想像したこともない巨大な船――少なくともそのとき、それは船の形をなしつつあった――を建造し始めたのを見て、伐採に従事していたすべての者がそう呟いた。《三つの太鼓の丘》の断崖の下から水際までの長さがあり、とうてい水に浮くとは思えない馬鹿げた船には、これも全く説明のつかない内部の仕切り――動く壁――

がいくつか設けられていた。さらにこの三層の船の上に、椰子の葉を四段に重ねて屋根を葺き、四方に窓を開けた、家と思われるものが築かれつつあった。吃水もまた非常に深くて、砂の浅瀬や、わずかに頭を覗かせた岩の多いここの水面では、とうてい浮くとは考えられなかった。したがって、それが船の形をし、竜骨、肋材、その他の航海にふさわしいものを備えているのは、実に馬鹿げた、理解に苦しむことであった。これが海を渡る船であるはずがない。また、神殿であるはずもない。神々の礼拝が行われるのは、《祖先》によって動物や、狩猟の情景や、異様に乳房の大きな女の姿などが描かれた山頂の洞窟の奥と決められている。長老はついに狂った。しかし、長老はその狂気を糧に生きていると思われた。タピオカや玉蜀黍(とうもろこし)は十分にあった。壺でかもして酒を造る玉蜀黍(とうもろこし)さえあり、日毎に巨大なものになっていく《大船》のかげで賑やかな酒盛りが行われた。やがて長老は、艶やかな葉をした樹の幹から白い樹脂を採取するように命令し、丸太の接ぎ合わせの狂いから生じた隙間にそれを詰めさせた。夜になると人びとは焚き火のまわりで踊り狂った。呪術師たちは大きな《島の仮面》や《悪の仮面》を取り出した。道化たちは鹿や蛙の動作をまねた。部族のあいだで争いや仕返し、残忍な決闘などが行われた。新しい人びとがやって来て労役に加わった。まさに祭礼の賑いだったが、ある日アマリワクは、《大船》の上に載せられた家の屋根に花の付いた小枝を一本立てて、ついに仕事の終わったことを告げた。人びとはタピオカの粉と玉蜀黍の報酬を十分に与えられ、多少の淋しさを感じながら、それぞれの土地へ小舟で去っていった。満月の下に馬鹿げた船、何人も未だかつて見たことのない船が取り残された。地上に築かれたそれは、上に家を載せた船のような形をしてはいても、水に浮くとはとても思えなかったが、アマリワクはその四角い椰子の屋根の上を歩き回りながら、奇妙な身振りを繰り返していた。

《すべてを造りし者の大いなる声》が彼に話しかけているのだった。長老は未来の境を越えて、この神秘の声に耳かたむけた。「ふたたび地上に人間を住まわせ、女にその肩越しに椰子の種子を投げさせるがよい」時折、それ自身が秘めた死の甘美さに戦きながら、響きのよい言葉で人の血を凍らせる《万物を産むおろち》の声がした。「なぜ、このわしに」と長老のアマリワクは考え込んだ。「人間には禁じられた《大いなる秘密》が託されたのだろう？ なぜ、わしが選ばれて恐ろしい呪文を唱え、このような大仕事を引き受けるはめになったのだろう？」好奇心に富んだひとりの道化があとに残った一艘の小舟に潜んで、これから《大船の居据わる妖しい場所》で起こることを見ていた。月が近くの山々の背後に隠れたとき、アマリワクのものとは思えぬ大音声で、かつて人間が聞いたこともなく想像したこともない《呪文》が響きわたった。そして同時に、伐採のあとに残されていた草や木、小枝や土の入りまじったものが動き出した。跳ね上がったり、宙を飛んだり、地を這ったり、忙がしく駆けたり、仲間を突きとばしたり、大変な騒ぎを演じながら《大船》に向かって移動した。夜明け前の空は鷺の大群で白くなった。猛々しく咆哮し、恐ろしい爪を剝き、長い鼻や円い頭を振りたて、跳ね回り、棒立ちになり、角を振り回すけものの大群が、あらゆるものを巻き込む凄まじい勢いで奇妙な船に押し入った。そしてこの大群の振り立てる角や、蹴り上げる脚や、剝き出した牙などを避けながら、船の上を蔽っていた鳥たちが慌しく船内に飛び込んでいった。さらに、大きな蜥蜴やカメレオンや種々の小型の蛇――尾の先で音を出したり、パイナップルを装ったり、全身に琥珀や珊瑚色の輪を巻いたりしている蛇――を含めて、水と陸のあらゆる爬虫類で床が埋まった。正午をかなり回ったころ、赤鹿の場合もそうだったが報せを受けるのが遅れた人間や、もともと苦手なのに産卵期のせいでいっそう辛い長旅を強いられた亀などが、やっと到着した。長老のアマリワクは最後の亀が船内に入ったのを見届けると、《大戸》を閉めて、家族の女たち――彼らのあいだでは十三歳で結婚するのがならわしだから、すなわち部族の女たち全員――が唄を歌いながら石臼を碾いている、家のいちばん高いところへ昇っていった。その日の正午、空が真っ暗になった。黒土地帯の黒っぽい土が、地平線のあちこちから舞い上がったかのように思われた。そしてそのとき、《すべてを造りし者の大いなる声》が響きわたった。「耳をふさげ！」アマリワクがその声にしたがったのとほとんど同時に、《大船》の動物たちがしばらく聾になったほど凄まじく、長い雷鳴が轟き、雨が落ち始めた。しかしこの雨は、読者らが知っているものとはおよそ違っていた。それは《神々の怒りの雨》であった。天から下りた厚みの知れぬ水の壁であり、絶え間なく崩れる水の天井であった。この雨の下では息をすることさえままならないので、長老は家のなかへ引っ込んだ。あちこちで雨漏りが始まり、女たちが泣き、子供たちがしゃくり上げていた。もはや昼と夜の別も明らかではなかった。夜ばかりが続いているかのようであった。実はアマリワクは蠟燭を用意していたが、それを点しても一日か一晩もつのがやっと、やがてこの灯火も尽きて日数の計算が混乱し始めた。昼を夜と、夜を昼ととり違えるようになった。そして突然――長老はこの瞬間を生涯忘れないだろう――船の舳先が大きく横に揺れ始めた。ある力が、《峰々と天の神々》のお告げによって造られた船を浮かし、高々と持ち上げ、ゆさぶったのである。アマリワクは緊張と動揺、そして不安で居たたまれなくなり、玉蜀黍をかもした壺の酒を飲んだが、やがて、どすんという鈍い音が聞こえた。《大船》と大地との最後の絆が断ち切られたのだ。《大船》は動き出した。そして峰々のあいだに生じた奔流、絶え間ない怒号によって人間や動物を脅かす奔流へと突進していった。こうして《大船》の漂流が始まった。

3

最初、アマリワクは息子や曽孫、玄孫たちと一緒に甲板に出て、足を踏んばり声を掛け合って舵を操作しようと試みたが、無駄な努力に終わった。峰々に囲まれた《大船》は雷に打たれ、独楽のように旋回しながら奔流から奔流へと押し流されていった。暗礁に乗り上げず、何かにぶつかるという不運もなかったが、それはむしろ、荒れ狂う水の流れに身をまかせるしかない、船自体の頼りなさのおかげだった。長老は船ばたから外を覗いた。真北から逸れて――果たして星が見えたのだろうか？――、完全に方角を失った《大船》がかなりの速さで、峰々も火口も小さく見える泥の海を突進しているのが眼に映った。かつては火焔を噴いていた火口も間近で見れば、小さな穴でしかなかった。流れ出した溶岩もさほどの恐怖を感じさせない。山腹が徐々に水に呑まれていくために、峰もしだいに小さくなっていく。《大船》は当てどなく漂流し、時折旋回しながら危険な浅瀬に向かって進んだかと思うと、下の穏やかな水面に滝となって流れ落ちる急流に身をおどらせた。このように未知の難所を漂っていたある日、あやふやだがアマリワクの計算によれば二十日以上も、沛然と降り続いた雨がついにやんだ。水面から頭を出し、高さ数千尺のところに泥深い浜の延びる峰々のあいだに、大きな湖が、穏やかで広い海が出現し、《大船》の揺れは止まった。《すべてを造りし者の大いなる声》に休息を命じられたかのように。女たちは石臼の前に戻った。下の動物たちも落ち着いた。実はあの《お告げ》の日から、肉食獣も含めてすべての動物が玉蜀黍（とうもろこし）とタピオカという毎日の食で満足していたのだ。疲れ切ったアマリワクは酒を思い切りあおって、ハンモックに横たわった。

　眠ってから三日後、彼は船が何かとぶつかった衝撃で目が覚めた。それは、岩でもなければ石でもなかった。また、化石となって森の奥の空地に転がっている、あの古木の幹でもなかった。衝突のあおりで壺や什器、武器などが倒れていた。しかし衝突そのものは、水を含んだ材木、あるいは浮いている丸太と丸太がぶつかり合って、双方が夫婦のように連れ立って流されていくといった、きわめて穏やかなものであった。アマリワクは上に昇ってみた。彼の船は斜め方向から非常に奇妙なものに衝突していた。別に損傷を蒙っているようでもなかったが、それは、肋材が剝き出しになった、竹と灯心草で造られた大きな船だった。さらに奇妙なことにその船には、微風――すでに大風はやんでいた――を受けて四つの面を持った長方形の帆がくるくる回る、一本の柱が立てられていた。小屋の煙出しではないが、下から吹き上げる風をつかまえる仕掛けになっているのだろう。生きものの気配の全くないこの陰気な船を眺めながら、長老のアマリワクは壺――言うまでもなく、玉蜀黍をかもした酒の入った壺――の上手な買い手のような眼つきで船体の大きさを計算した。それは長さ三百尺、幅五十尺、高さ三十尺ほどの船だった。「わしの船と似たり寄ったりだな」と長老は呟いた。「もっともわしは、お告げで示された寸法より多少、大き目にこしらえた。神々は空ばかり飛んでおられるので、海のことはあまりご存知ない」そのとき奇妙な船の戸口が開いて、赤い帽子をかぶった非常に小柄な老人が現われ、ひどく興奮したようすで叫んだ。「どうした、綱をよこさんのかね？」老人の言葉は抑揚の激しい奇妙なものであったが、アマリワクには理解できた。あの時代の賢者たちは人類のあらゆる言語、方言、隠語を解したのである。アマリワクはその異様な船に綱を投げるよう命令した。二艘の船は近づき、長老は顔のかなり黄がかった老人と抱き合った。老人はシンの国の者だと名のった。その土地の動物をやはり《巨船》に積んでおり、戸口を開いてアマリワクにそれを示した。自由に動き回れぬように木の囲いに入れられた未知の動物たちの姿は、アマリワクの想像したことのないものだった。アマリワクは、ひどく醜い黒熊が這い上がってくるのを見てうろたえた。下のほうには、背中に瘤のある大型の鹿らしいものがいた。《豹》と呼ばれていたが、落ち着きなく動き回る猫科の動物もいた。「ここで何をしておられる?」とシンの老人がアマリワクに尋ねた。「あんたは?」とアマリワクが言うと、シンの老人は答えた。「わしは人間や動物を救おうとしておる」それを聞いてアマリワクは言った。「わしも人間や動物を救おうとしておる」シンの老人の女たちが米をかもした酒を運んできたので、その夜はもはや、明らかにすべき大事は話題にならなかった。シンの老人と長老のアマリワクの二人がかなり酒に酔い、夜明けも近づいたころ、凄まじい衝撃で二艘の船が揺れた。四方に窓のある居住用の建物を上に載せた一艘の長方形の船——長さが三百尺、幅がほぼ五十尺、高さが三十尺から五十尺の船——が、綱で繋がれた二艘の船に衝突したのだ。まずい舵さばきに苦情をいう暇を与えず、非常に年老いた長髯の男が舳先に現われて、けものの皮に書かれたものを読み上げ始めた。すべての者に聞こえるように、また舵さばきのまずさを責める者が現われないように、男は大きな声で読み上げた。「ヤハウェは言われた、ゴーフェルの木で方舟を造り、方舟のなかに部屋をこしらえ、方舟の内と外を土瀝青で塗れ。方舟に一階、二階、三階をしつらえよ」「この船も三階だ」とアマリワクが言ったが、相手はかまわず続けた。「わたしは、生命の息のある、肉をそなえたもののすべてを空の下から滅ぼすために、地上に洪水をもたらすことにした。地上にあるものはすべて死に絶えるであろう。しかし、わたしはそなたと契約を結ぼう。そなたはそなたの息子たちや、そなたの妻や、そなたの息子たちの妻とともに方舟に入るがよい……」「わしも同じことをしたはずだが……」と長老のアマリワクが言ったが、相手はかまわず続けた。「そしてすべての生きもの、すべての肉をそなえたもののなかの、それぞれの種の二匹を、そなたとともに生かすために、方舟に入れよ。それらは雄と雌でなければならぬ。鳥もその種にしたがって、また地を這うものもすべてその種にしたがって、それぞれ二匹ずつ、そなたとともに方舟に入り、生き延びるようにせよ」「わしもそうしなかったかな？」と長老のアマリワクは、似たり寄ったりの《お告げ》を鼻にかけた異土の男のようすに驚きながら、そう呟いた。しかし船から船へと往き来しているうちに、友情の絆が生まれた。シンの老人も、長老のアマリワクも、新たにやって来たノアも大の酒好きであった。ノアの葡萄酒と長老の玉蜀黍（とうもろこし）の酒、それにシンの老人の米の酒のおかげで一同は和やかな気分になった。最初は遠慮がちだったが、それぞれの人間の暮らしぶり、とりわけ女や食べものについて尋ね合った。今では雨は時折ぱらつくだけで、しかもその度に、少しずつ空が明るくなっていった。頑丈な方舟の主であるノアが、すべての植物が死に絶えたか否かを探るために、何か手を打っては、と提案した。そして形容に窮するほど濁ってはいるが静かに凪いだ海に、一羽の鳩を放った。かなりの時間がたってから、鳩は嘴にオリーブの小枝をくわえて戻ってきた。それを見て長老のアマリワクは一匹の鼠を水面に投げた。かなりの時間がたってから、鼠は脚で玉蜀黍の穂を抱いて戻ってきた。それを見てシンの国の老人が一羽のおうむを放つと、おうむは翼の下に稲の穂をかかえて戻ってきた。生命が蘇りつつあることは間違いがなかった。あとはただ、神殿や洞窟の奥から人間の営みを見そなわす《神々のお告げ》を待つばかりであった。水位も次第に下がり始めた。

4

数日が過ぎたが、《すべてを造りし者の大いなる声》は、またヤハウェ——ノアはこの神と長ながと語り、アマリワクが得たものよりはるかに明確な指示を与えられたかに見えた——の声は沈黙していた。シンの国の老人が聞いたという、水泡のように軽やかに空を漂う《万物を造り給うた者》の声も同様であった。船べりを接した船の主たちは困惑し、手をこまぬいていた。水が減って、山の姿がしだいに大きくなった。霧の晴れた水平線にふたたび山並が浮かび上がった。そしてある日の午後、船主たちがそれぞれ不安や懸念をまぎらすために酒を飲んでいると、第四の船が現われたことが報された。それはほとんど純白に近い、実に優美な船体をしていた。舷側はよく磨かれ、これまで見かけたことのない帆が張られていた。舟脚も軽く近づいてきたその船から、黒い毛織のケープをはおった船主が現われて、言った。「わしはデウカリオーンだ。オリュムポスと呼ばれる山が聳える土地から来た。《天と光の神によって、この恐るべき大洪水が終わったとき、ふたたび地上に人間を住まわせるよう命ぜられたのだ》」「ひどく小さい船のようだが、動物たちはどこにいる?」とアマリワクが訊くと、新たにやって来た男は答えた。「動物のことは聞かなかった。この大洪水が終わったら、わしは大地の骨である石を拾い、わしの妻のピューラーが肩越しにそれを投げる。それぞれの石から人間が生まれるはずだ」「わしも椰子の種子で同じことをしなければならぬ」とアマリワクは言った。そしてそのとき、次第に近くなる岸に立ちこめた霧のなかから、ノアの船にそっくりな一艘の大きな船が現われ、敵に襲撃をかけるような勢いで進んできた。しかし、乗り組んでいる男たちの巧みな舵さばきで向きを変え、ぴたりと停まった。「わしはウト＝ナピシュティムという者だ」と新しい船主がデウカリオーンの船に飛び移りながら言った。「わしは《流れの主》を通して、やがて起こることを知った。そこでわしは方舟を造り、家族の者ばかりでなく、あらゆる種類の動物の選びぬかれたものを乗せた。最悪の状態は過ぎたように思う。まず、わしは一羽の鳩を空に放ってみた。ところが鳩は、生命の証拠となるものを何も見つけることが出来ずに、戻ってきた。燕の場合も同じことだった。しかし烏は戻らなかった。食べるものを見つけた証拠だろう。わしの信じるところでは、わしの国の《河の入口》と呼ばれている土地には、同胞が残っている。水は減り続けており、それぞれの土地へと戻るときが来たようだ。あちらこちらから畑まで運ばれてきた大量の土のおかげで、これから暫くは豊作が続くに違いない」それを聞いてシンの老人が言った。「すぐに戸口を開いて、泥の溜った牧場へ動物たちを放してやろう。ふたたび彼らのあいだで闘いが始まり、互いを貪りくらうようになるのは眼に見えているが。ただ、わしは竜を救うという幸運に恵まれなかった。残念しごくだ。今やこの動物は死に絶えようとしている。牙の曲がった象が草をはみ、大きな蜥蜴が胡麻の袋にそっくりな卵を産む北の土地で、雌にはぐれた一頭の雄の竜しか見つからなかったのだ」「問題は、人間がこの危機をくぐり抜けて、多少とも利口になったか否かだ」とノアが言った。「山頂に逃れて助かった人間も多勢いるはずだが」

船主たちは静かに夕食を取った。胸の奥に秘めて表には出さなかったが、彼らは泣きたいほどの深い苦悩に苛まれていた。神々によって選ばれた——聖別された——という誇りは跡形もなく消えていた。要するに、多くの神々が存在し、それぞれの人間に同じお告げを授けたのだ。「わしらのものに似た別の船が、きっと、その辺を漂っているのだろう」と悲しげな声でウト＝ナピシュティムが言った。「水平線の彼方に、いや、そのはるか彼方に、やはりお告げを受けた人間がいて、動物たちを積んだ船で漂流しているに違いない。《火と雲を崇める国》の人間もいるはずだ」「話に聞けば、非常に勤勉な《北方の国々》の人間もいることだろう」その瞬間、《すべてを造りし者の声》がアマリワクの耳許で轟いた。「他の船から離れ、流れのままに進め！」長老以外の誰の耳にもこの恐ろしい命令は聞こえなかった。しかし、すべての者に何かが起こったことは確かだった。別れの挨拶もそこそこに、慌しく各自の船に戻っていったからである。それぞれの船が、ようやく河のかたちをなし始めた水面に適当な流れを見出した。そして程なく、長老のアマリワクのそばには家族や動物たちしか残らなかった。「神々の数は多いのだ」と長老は思った。「種族の数だけ神々があるところに平和が生まれるはずはない。この《世界》に存在するものをめぐって、恐らく、人びとは闘いに明け暮れることだろう」神々の存在がひどく卑小なものに感じられたが、しかし長老にはまだ果たすべき仕事があった。長老は《大船》を岸に近づけた。妻妾の一人のあとについて船を下りながら、彼女に命じて、袋に入っていた椰子の種子を後ろに投げさせた。種子は立ちどころに——奇跡のように——人間の男に姿を変えた。そして見る間に大きくなり赤子から幼児、幼児から少年、少年から一人前の大人の背丈まで伸びていった。女の種を秘めた種子についても同じことが起こった。一夜明けると、岸は無数の人間で埋まった。しかしそのとき、ひとりの女がさらわれたという噂が広まり、人間たちは二手に分かれて闘い始めた。アマリワクは急いで《大船》に戻り、救われたばかりの、造られたばかりの人間たちの殺し合いをじっと眺めた。復活のために選ばれた岸で占めるその場所に応じて、どうやら《小山の党》と《谷口の党》が生まれたようであった。飛び出した眼球が顔面に垂れている者がいた。臓物がはみ出している者がいた。石で頭を割られた者がいた。「時間を無駄にしただけのことだったか」とアマリワクは呟き、《大船》を水に押し出した。

庇護権

寺尾隆吉訳

大使館等における政治的迫害者の庇護は、当該国の慣習ないし法の認めるかぎりにおいて、権利として、あるいは、人道的寛容の見地から、尊重されるべきである……

——一九二八年にハバナで開催されたパンアメリカ会議の合意文書第二条

1　日曜日

日曜日だったこともあり、大統領府内閣秘書官は、隣の店に展示されていたメカノを長々と見つめた後、十時頃になってようやくミラモンテス宮に到着した。夏の日曜日ともなれば、人々はミサへ顔を出し、ビーチで寛ぐ。逆に平日は落ち着いて仕事をすることもできず、熟慮を要する重要文書を書き上げることもままならない。金モールと勲章を見せつける大使や、高級官僚、海外の要人、高位低位の聖職者、しつこく上申に来る僻地の知事などが、前もって申請をしていようといまいと――とりわけ軍人たちはそんな労をとらなかった――、大統領閣下、最悪でも副大統領――もったいぶった調子で「大統領閣下にお伝えしておきます」と言うだけで、そんな返答がまったくあてにならないことはすでに明らかなはずだった――との面会を求めてひっきりなしに押しかけて来るからだ。国家第一執政官の顔を見ると、秘書官は言った。「将軍……　最高級のイタリア女たちが調達できました」（右手の指を合わせてその平に一つキスした後、しばらく宙を泳がせる）「持テル者ハ幸イナルカナ」「お前がローラのところから連れて来る地元の家畜にはもううんざりしていたところだ」数週間前に第一執政官は言っていた。「そろそろ、上品で洗練された話し上手なヨーロッパ女性が欲しい……」秘書官は、第二帝政風を真似た平屋の邸宅から中庭へ顔を出した。トイレばかり大きくて住み心地が悪いうえ、砲兵隊の兵舎から弾が届く距離にあり、クーデターでも起こればすぐ身に危険が迫るせいで、合憲違憲を問わずここ数代の大統領はこの屋敷に住みたがらなかった。刈り込まれたツゲ林の奥で、ネズミ軍曹が亀の〈クレオパトラ〉に付き添い、濡れた藁袋からレタスをやっている。「これを読みましたか？」新聞を振りかざしながら軍曹は言った。「ヒトラーは兵士に向かって言ったそうです。《心も神経も捨てろ。戦争にそんなものは要らない。慈悲や同情は無用だ。ロシア・ソ連をぶっ潰せ。老人や女子供相手でも容赦は要らん。殺すか殺されるかだ。それが家族の未来のためだ。後々まで残る栄誉を目指せ》。皆殺し！　私の言ったとおりでしょう。クラウセビーチェの理論です。たいしたものですね、あのプロイセン人は！」ネズミ軍曹のクラウゼヴィッツ崇拝に秘書官はいつも感服したが、軍曹はこの著述家をSF大戦争――街へ侵入して根こそぎ家並を引き剝がす灼熱の兵器、高々と建物を持ち上げて敵軍の陣地に投げつけるクレーン、口径の大きな火炎放射器、三百人もの兵を搭載した戦車――の作者だと思い込んでいた。「総力戦」を声高に唱えても、その知識は別の軍曹からの受け売りで、その軍曹とて、『戦争論』と『ワーテルローの戦い』を蔵書に持つ中尉――人前で知識をひけらかすのが好きだった――の助手役を務めていた伍長から話を聞きかじっただけだった。「あのクラウセビーチェはナポリオンの上を行ってますね！」そして軍曹はクレオパトラの世話を続けた。普段の軍曹は、亀の具合が少しおかしいだけでも泣き出しかねないほど善良で純朴であり、定期的に聖体拝領を受けているほか、給料のすべてを注ぎ込んで近所の子供たちに鉛の兵隊人形を配るような男だったが、そんな彼がまたもや前代未聞の総力戦について熱く語る姿を前にすると、秘書官は思わず考え込んだ。軍曹の愛読書といえば、代用品のない唯一無二の一作、何百回読み返してもそのたびに美と冒険と愛の欲求を満たしてくれるばかりか、どうやら密かな権力欲までくすぐられるらしい一冊、しがない下士官をボエティウスやエピクテトスやマルクス・アウレリウスの高みへと引き上げてくれる傑作、『モンテ・クリスト伯』くらいだったが、その彼が、死力を尽くして殺し合う全面戦争、おぞましい殺戮合戦を思い描いている。しかも、理論上存在するとはいえ、セルバに紛れてあやふやの、地理の授業でしか地図上に引くことのできない国境線が原因で隣国との間に持ち上がっている紛争を武力解決できないのが残念だ、とまで言う。「最低級の武器で十分なんです」彼は付け加え、地元新聞の日曜版に翻訳連載中のコミック版宇宙戦争で使用された驚異的最新兵器の数々に思いを馳せている。

秘書官はポンペイ風に装飾を施した執務室に入り、ナポレオン鷲に守られたインク瓶の脇にたまっている書類に目を通した。特に問題はなく、すぐに仕事は終わり、ネズミ軍曹が昼食を準備するまでの間、大統領宮をぶらぶらしていると、門番も守衛も来訪者もいないがらんとした空間のなかで、心地よい孤独感に包まれた。ルイ十五世風の大ホールに差し掛かり、安物のゴブラン織と、金のリベットを散りばめた白いピアノが目に入った。似非エスコリアル風の家具を配した無人の大統領用寝室があり、続いて、一度も開けられた形跡のない著作――モムゼン、デュリュイ、ミシュレ、チェザーレ・カントゥ、ギゾー――を並べた図書室がある。大統領夫人専用とされていた居間は、すべて「モダン・スタイル」に調えられ、多色刷りのナイアスが鏡を支えるかと思えば、ミュシャ風の絵を模した屏風では、オーブリー・ビアズリーをかすかにしのばせる涙目のピエロがルネリアとマンドリナータを奏で、その裏に洗面台とビデ——四十年前に初めてこれがフランスから持ち込まれた時には、用途が不明で様々な憶測を呼び、街中で物議を醸した——が隠れている。謁見や信任状の交付に用いられる中世風の広間には、胡桃材のコンソールと甲冑一式が置かれ、大統領専用椅子の天蓋代わりに掛けられたタペストリーに、樫の木陰で判決を下す聖ルイが描かれている……　昼食が準備され、秘書官が食堂へ入っていくと、今世紀初めにパリ国立高等美術学校の優等生が描いたケンタウロスやバッカス神の巫女に混ざって、開栓されて天使とケルビムの泡を吹き出すシャンパン・ボトル——銘柄がはっきり見えている——の大きな油絵が掛けられ、ヴーヴクリコ様式を訴えている。秘書官は、大テーブルの上座、大統領専用席に着いた。日曜日にミラモンテス宮にいると、自分が大統領になったような気分に浸ることができる。一度など、大統領綬を肩に掛けて、権力者の気分を味わったこともあった。「巷の噂をご存知ですか？　マビジャン将軍が自分の部隊を率いて蜂起したそうです。街は大騒ぎですよ。この国に必要なのは全面戦争です。国境の向こうでガタガタ言っている奴らを皆殺しにすることです……」だが、秘書官は黙っている。ポケットから小さなパウル・クレーの画集を取り出して見ていた。古今東西の美術のなかで、秘書官のお気に入りはパウル・クレーだった。

2　月曜日

早起き。私は決してこれに馴染めない。そして同じ動作の繰り返し。昨日と、二十年前と同じ。老けた顔が鏡に映っている。そして剃刀。同じ動作。同じ顰め面。言うことをきかないぼさぼさの巣。今度は歯。世間体を守るための動作。大統領府内閣秘書官の地位にあれば、ベッドと通りの距離はなおさら長くなる。起きたままの状態で、身繕いもせず表へ出るわけにはいかない。人間たるもの、生まれた時から、這い這いであれ直立歩行であれ、人類の進歩とともに結びついた無限の布、生地、編み物に体を包んで動かねばならない。最初のオムツから埋葬用の厳粛なスーツまで、シャツからシャツへ、フロックコートからフロックコートへ、他人の手で最期の服を着せられるまで、モグラのように移動する。困窮時代を経て黄ばんだグリーンの三つ揃いが記憶に残る。最初の成功をともにしたイギリス製のブルーのダブル・スーツが記憶に残る。そして、ソニアに思いを告げた日に着ていたカジュアルなスーツ。そして、すでに服を脱いで桃を頬張っていた彼女の前で脱いだグレーのスーツ。そしてヴィンテージ・ワインのように日付の入ったスーツが幾つか。目を開けてから目を閉じるまで――そして目を閉じた後までも――、男の役回りといえば、幾つものカバーを転々とする傘と同じ、カバーごとに利点があり、立場、知性、社会的地位を示唆する。さて、進め。ミラモンテス宮に向かって進め。正装のボタン十八個をすべてきっちり留めて（内ポケットに二つ、胴回りに六つ、上着に三つ、チョッキに七つ）。今日は九時から閣議があり、国境をめぐるリンゴクの要請を検討する。ミラモンテス宮に着いてみると、普通の通行人なら気にもしない些細な出来事に意表を突かれる。武装したネズミ軍曹が哨舎に立ち、胸に二本の弾薬帯を見せつけている。警備隊に緊張が感じられ、彼らの詰める玄関ホールが通りから丸見えになっている。財務大臣がジャガーに乗って到着し、人が歩み寄っていつもどおり礼儀正しくドアを開けるが、玄関ホールに差し掛かった途端、荒々しく両肩を摑まれて軟禁される。キャデラックに乗って現われた建設大臣も同じ目に遭う。そして厚生大臣も、内務大臣も、通信大臣も、まったく同じ目に遭う……ネズミがお前の姿を認め、近寄って来る。「先生、中へどうぞ。今日はこれから閣議ですよ」、そして重すぎるその手を肩にかける。「わかっている」お前は言う。「角で煙草を買ってくる」「私が行きます」「軍曹」お前の威圧的な調子にネズミは混乱する。「兵士たる者、何があっても持ち場を離れてはならない。クラウゼヴィッツを読み直したまえ。どうやらちゃんと読んでいないようだね」ネズミは茫然としているが、バーの角にある売店へ向かう秘書官には、その目がじっと彼を追っていることがわかる。さらにネズミは、わざとらしく音を立てて素早くモーゼル銃を動かすことで警告を発する。「バーの出口は他にないぞ」お前は自分に言い聞かせる。「チェスターフィールドを一箱」ネズミはお前から目を離さない。時間稼ぎに、軍曹にもわかるような仰々しい仕草を見せながらその場にとどまる。「それから、そのジュースを一本」氷のように冷たいが、お前は言う。「冷えてないぞ。氷をくれ」新聞の見出し。《空軍、マビジャン将軍を支持》。「そして宮殿警備隊も」お前は言いかける。「ジュースをもう一本」そこで警備隊が大騒ぎを始める。首相とともに共和国大統領が到着したのだ。大物の登場にネズミ軍曹は勇み立ち、哨舎を離れて宮殿に入る。銃声が聞こえる——後でわかるとおり、大統領が悪あがきして抵抗したのだ。この機を逃さずお前はバーを後にし、速足でナショナル・シティバンク・オブ・ニューヨークの前まで来ると、すでにそこは、五十メートル先で進展する事態のことなど何も知らぬ無邪気な人で溢れかえっている。隣の道へ入り、古い家が建ち並ぶ一角に身を隠すが、あてにできる知人は誰もいない。ラテンアメリカの国の大使館に匿ってもらうしか方法はあるまい。美しいメキシコ大使館、ホウオウボクの咲き乱れるその大きな庭が頭に浮かぶ。ブラジル大使館のプールも悪くない。素晴らしい図書室を備えたベネズエラ大使館では、朝食にアレパが出る。だが、どれもここからかなり遠い。それに、ミラモンテス宮からわずか百メートルのところに住むお前は、せいぜい一ペソか二ペソしかポケットに入れていない。マビジャンの部隊は、「庇護申請」を妨害するため、今すぐにでもラテンアメリカ各国大使館界隈に軍隊を出動させることだろう。世に知れ渡る奇跡を幾つも起こしたとされる「奇跡の聖母パラモ」を祀る教会の角を曲がったところで、突如として目の前に三階建ての簡素な建物が現れ、二階のバルコニーから某ラテンアメリカ国の国旗が掲げられていて、思わず足を止める。白地の部分に描かれた国の紋章には、じっと目を光らせながら休む二頭の豹が描かれ、台座代わりとなった金色の三角形の内側で、インディオ女性の手と白人女性の手（あの国では、白人女性がインディオ女性に声を掛けることすらありえない）が抑圧の鎖を引きちぎっている。慎ましい大使館の反対側にはゴメス兄弟金物店がある。目の前では、アメリカ大陸全体にチェーンを広げる合衆国の多国籍百貨店がその側面を見せつけている。迷うことはない。大使館の建物に入り、小さな階段を上る。入口に応対は午前十一時からと書いてあるが、ドアをノックする。パジャマ姿の大使閣下が顔を出す。「貼り紙が見えないのですか？」軽く彼を押しのけ、眩い光の下で肘掛け椅子に腰を下ろす。「ここから出て行く気はありません」お前は言う。「どうしたというのです、秘書官、すみません、やっとどなたかわかりました……このガラスが眩しくて……」「マビジャン将軍がクーデターを起こしました。閣僚は全員拘束されています。私はなんとか逃げおおせました。二八年にハバナのパンアメリカ会議で採択された崇高な原則に基づき、この大使館に庇護を求めます」大使閣下は突如顔を赤らめて怒鳴り始める。「無茶です、閣下、冗談じゃありません。ここは弱小国の大使館で、そんな場所はありません。我々のような外交官の給料が雀の涙ほどしかないことはよくご存知でしょう」「月五百ペソほど収入を得るあてがあります」お前は言う。後ろから女性の声が聞こえる。「男一人なら何とか不自由なく暮らせる部屋があります」スーツケースさえどければ大丈夫です」お前は振り返る。日本領事夫人から贈られた大きめの着物に身を包む美しい大使夫人がコーヒーを差し出す。「こんな老人二人を相手に、退屈なさらなければいいのですが」

午後四時以降、新たな布告が出るまで外出禁止とされた。午後八時にマビジャン将軍が国民に向けて演説を行うという。そして事実、マビジャン将軍は午後八時に国民の前に現われ、独立戦争の英雄を持ち出したかと思えば、自由の回復、来たるべき社会正義、国旗、栄光ある伝統に支えられた軍隊、その他同じような話題を並べた。さらに、その日の栄誉ある行動をアメリカ大陸の偉人の理想と結びつけ、またもや似たような話を繰り出した。火曜日にはすべて平常に戻ると布告したものの、四時以降の外出禁止は継続するという。そして締めくくりに、大規模な公共事業に即刻着手することを宣言した。カンボカラのダム、コサル川の橋、建築工学の粋多数、西部鉄道、ヌエバ・コルドバとプエルタ・カデナスを結ぶ高速道路。「抜け目ない奴らだ」お前は言う。「統治が始まる前から着服に余念がない。西部鉄道建設となれば、枕木、レール、釘、砂利、電柱、その他の取引からどれほど利ざやをせしめられることか……　そのうえ後には、車輌の取引もあり、橋や駅の建築入札もある。高速道路なら話はもっと単純で、何の証拠も残らない。計画段階では幅八メートルの道路が、いざ出来てみると七・六メートルしかない。それが四百キロとなれば、どれほどの額をくすねられることか……」夜、街に銃声が轟いた。「バカバカしい」大使閣下は言った。「ラテンアメリカでは、いつもクーデターを起こした者が勝利する」「悪いことに、騒ぎで命を落とすのは、決してカントリークラブや高級住宅街の人々ではない」お前は言う。「ラテンアメリカで実際に武器を手にするのは貧民だけだ」

3 次の月曜日(ともかく月曜日)

退屈、退屈、退屈。そして身の回りには、この退屈に新たな退屈を付け加えるものばかり。ここに閉じ込められて、半ブロック先にある映画館までひとっ走りすることさえできず(大使館の入り口にはすでに二人の見張りが立っている)、生活範囲は狭苦しい部屋に限られ、キャンベル・スープの箱がナイトテーブル代わり。ジェネラル・エレクトリック社のカレンダー(コロラドのグランドキャニオン、ゴールデンゲート、ロッキー山脈、サーモンフィッシングなどの風景)があり、もう一つ、レコード会社のカレンダーには、ワンダ・ランドフスカ、アル・ジョルソン、エリーザベト・シュヴァルツコップ、ルイ・アームストロング、ダヴィッド・オイストラフ、アート・テイタムのページがまだ残っている。とりわけひどいのは周囲だ。奇跡の聖母パラモを祀る聖堂のアプスが、食堂の窓の真ん中に向かって垂直に落ちてくる。一九一〇年版完全ゴシック様式の建物から突き出したこの部分が期せずして拡声器の役割を果たし、祈祷のラテン語が四六時中頭上から降り注いでくる。おかげで晩課の文句は空で覚えてしまった。

王様ガオ休ミトナルアイダ、

我ガ甘松ハソノ優シキ香リヲ捧グ。

そして、幽閉生活が何日も何日も続くうちに、日付の感覚はすっかりなくなった。ゴメス兄弟金物店のほうを見やると（ファサードには「一九一二年創業」と書かれている）、いつのものかわからないほど古い売り物に目を奪われる。先史時代から電球時代に至る人間産業の歴史が、ゴメス兄弟金物店のショーウィンドーに並ぶ品物、道具、工具によって再現されているのだ。オデュッセウスが使ったかもしれない縄、綱、紐。天秤やはかりを見れば、遠い昔、果物や肉や魚を言い値あるいは一個いくらで売っていた時代から、重さを基準に商品の値段を決めて商業に司法と裁判を持ち込んだ時代への移行が偲ばれる。軽石製の乳鉢は、原始人が使っていたものと今も変わるまい。大小様々な金床にも様々な記憶が詰まっている。安息日の釜。頭の四角い長さ十センチほどのスペイン製の釘は、キリストの肉を貫いた釘を思い起こさせる。この国の農民たちが好む重い鍬は、その形にしても丸く太い柄にしても、中世時祷書の細密画によくある牧歌的農業の風景（ほとんどいつも三月）に描かれた百姓が振りかざす鍬とまったく同じものだ。そして、あまりの退屈に辟易として正面の窓から外を眺めると、合衆国系百貨店の玩具屋、そのショーウィンドーが見える。そこには、教会の祈りや日課や儀礼など気にすることもなく、ゴメス兄弟金物店のモダンな道具の時代錯誤にもかまうこともなく、いつも自分だけに忠実で泰然自若としたドナルド・ダックがいる。張りぼてであっても人間味があり、オレンジ色の脚を出した姿で、ショーウィンドーの一角から、疾走を続ける機関車、蠟製フルーツを入れた食器棚、カウボーイの拳銃、矢筒、点数盤付き歩行器、そんなものが並ぶ雑然とした世界を見下ろしている。子供たちはいつも、

「それ」、ショーウィンドーに飾られた現物が欲しいと言うので、女の手がオレンジ色の脚をつまみ上げ、数分後、同じ場所に、同じだが別のドナルド・ダックを置いていく。同じものが際限なく次々と入れ替わり、同じ台座の上でじっとしている姿を見ていると、永遠について考えさせられる。実は神も同じではないか。時代ごとに少しずつ強い姿に入れ替わり（神の母、神々の母、ゲーテがそんな話をしていたのではないか？）、おかげで不死の存在となる。入れ代わりの瞬間に神の玉座は空位となり、鉄道事故、飛行機の墜落、大西洋横断船の難破といった惨事が起こるばかりか、戦争や疫病に打ちのめされる。こんなふうに考えてみただけでも、悪い世界は悪い神によってしか作られようがないというマルキオンのおぞましい異端説がデタラメだとわかる。また、ドナルド・ダックに促されて、エレアのゼノンが提起した矢のパラドックスまで解いてみる。この人形は、それ自身と等しく静止したまま、一日十五回、二十回と姿を変えて街の隅々まで急速に散らばっていく。私に言わせれば、一週ごとに小さな赤い光を灯しながら三メートルのレール上を昼夜倦むことなく走り続ける電動列車と並んで、これも無時間性の一例にほかならない。「今日は金曜日ですか？」大使夫人に訊いてみる。「月曜日、月曜日ですよ」それに、新聞も読んでいない。マビジャン将軍のことも、取り巻きの軍人のこともよくわかっている。今頃助手に訊いていることだろう。「この、上品で洗練された話し上手のヨーロッパ女性とは、どういうことだい？」「すでに調査済みです、将軍。その条件に当てはまる女性は、タデオ公園の近くに住むイポリタとかいうあばずれです」「郊外に館を準備すべきだな、中尉」「わかりました、将軍」私は窓辺へ戻り、もうすぐ十九体目に取って代わられるであろう十八体目のドナルド・ダックを見つめる。

4 金曜日かもしれない月曜日

日々解決の遠のく国境紛争にただでさえ嫌気がさしていた大使閣下は、権力を掌握したマビジャン将軍が、数多の流血沙汰を引き起こしたクーデター——夜になるとまだ銃声が聞こえた——から国民の目を逸らすため、事あるごとに開戦論を持ち出して愛国心を煽るせいで、常に不安と困惑に苛まれていた。「諸君は英雄の息子たちであり……」「我らの国境は栄光の戦場となり……」「栄誉に値する者には栄誉を……」「最も美しい死とは……」などなどなど、意気軒高な演説がラジオとテレビを通じて一日中繰り返された。まだ反対派の多い首都の住民を引きつけるため、マビジャンは策を講じ、来たる某日——庇護申請者は今日が二日なのか十一日なのか二十八日なのかもわからなかった——、空襲に備えて対空砲の射撃訓練を実施すると布告した。住民一人ひとりに小さなマニュアルが配られ、「自然に落ちてくる」砲弾を避けるために何をすべきか明らかにされた。「新聞紙を被れば頭を守れますか?」「守れません」「車に乗っていれば大丈夫ですか?」「大丈夫ですが、側面の窓ガラスを開け、できるだけ内側に入るのがよいでしょう。対空射撃が始まったら、即座に最も近い歩道に車を停め、ライトは消してください」偉大なる日の夜、ぬかりなく軍服を着込んだマビジャン将軍は、顎紐をしっかり締めて現場の監督に乗り出し、対空砲部隊の陣取る丘から実践訓練総司令官としてすべてを取り仕切った。合図。サイレン。一斉消灯。間。「敵機の音が聞こえる」だが、これも熱帯の悪戯なのか、ハレの日となった某日、周りの山という山から突如霧が舞い降り、上空の「敵機」からは乳白色の塊以外何も見えなかった。

そして地上の砲兵には象灰色の雲しか見えない。「全員撃て」怒り狂った声でマビジャン将軍が叫んだ。それが混沌の三十分の始まりだった。発射されるはずの弾を求めて飛行機は何度も旋回し、そのたびにあべこべの方角へ向かった末、基地へ引き返してしまった。訓練終了後、将軍は不機嫌にミラモンテス宮に戻った。「気象予報士を投獄しろ」彼は言った。「貧民街では自然落下した砲弾で多くの者が犠牲になりました。当然でしょう、家の屋根が段ボールなのですから。死者十七名、子供の負傷者数名」助手が落ち着いた調子で言った。「報道管制を敷きましょうか?」「即刻だ。新聞社には、何か漏らしたら発禁処分にすると伝えろ」

国境問題は深刻化し、私は自分も大使閣下の役に立てるのではないかと考えた。美しい大使夫人は昨日、「あの人、正気じゃないわ」と言っていた。どこから手をつければいいかもよくわからぬまま、私はリンゴクの歴史について調べ始めた。コロンブスの第四回航海で発見されたにもかかわらず、航海誌に何の言及もないという点については、アストロラーベに関する論文の著者イブラヒム・アル・ザルカーリーの子孫で、司令船の見習い水夫だったモーロ人数学者が残した遺品文書に記録が残っている。航海誌に何も記されていないのは、発見の日、コロンブスは熱を出して寝込んでおり、王旗を手にこの偉大なるビロードの地に上陸して、「王の名のもと、この地を……」云々かんぬんの言葉で領有を宣言できなかったからだという。他の者を派遣する手もあったが、そよ風に煽られた金襴の旗に頬を優しく撫でられて思い上がりでも起こされては大変だと考え、やめることにした。王旗は定位置で船体を見守り、リンゴク発見の記録が残らなかったおかげで、上陸したとする者とそれを否定する者との間で学術論争が日々更新され続け、ついには、さるアラビア言語研究推進学術団体がアル・ザルカーリーの決定的文書を公にするに至った。リンゴクの発見後、初の文明人集団がこの地に到着した。先発隊、エンコメンデーロ、落ちぶれた郷士、セビージャのマグロ漁の山師、いずれも名うてのイカサマ賽子使いであり、ワインを筆頭に酸いも甘いもすべて知り尽くした彼らは、手当たり次第にインディオ女を強姦した。移住者の第二波は、判事、似非弁護士、国庫の管財人、聴訴官であり、二世紀のうちに植民地は、見渡す限り広大な牧場とトウモロコシ畑が広がるなかに、ちらほらとスペイン野菜の畑が点在する農地に姿を変えた……　だが、あろうことか、ある日その国に、ジュネーヴ生まれの市民ルソー著『社会契約論』が一部（「合意が体制を決める」）紛れ込み、さらに『エミール』が続く。ルソー派の教育機関に入学した少年たちは本での勉強をやめ、大工仕事に精を出すやら、自然観察という名のもと、昆虫のはらわたを出すやら、トカゲをタランチュラの巣に放り込むやら。活動的な親たちは怒り心頭。もっと単純な市民たちは、サヴォワの助任司祭がいつどんな船に乗ってやって来るのか問い続ける。そして締めくくりはフランスの百科全書。アメリカ大陸にまで、ヴォルテール派司祭という尋常ならぬ人物が現われる。続いて、自由主義思想に基づき、友好愛国結社創設、そしてある日、「自由か死か！」の叫び声が聞こえる。そして英雄たちの庇護のもと、一世紀にわたり、反乱、暴動、クーデター、蜂起、首都への行進、個人的・集団的反目、野蛮領袖、啓蒙領袖が入り乱れる。オーギュスト・コント崇拝を広め、寺院の建設や『実証主義の教理問答』の大規模な普及によって国を落ち着かせようと試みた者もいるが、それもうまくはいかない（往々にして実体のない聖人を崇拝対象とする信仰は根づかないが、コルメラやカント、チベットの神権者や吟遊詩人――全員に記念日がある――、それにパラグアイ――これは珍しい国であり、聖ヨセフや聖ニコラウス、水や陽の光を授ける聖イシドロ農夫、小麦色の肌をした美女にして、寛大な奇跡を起こす人気聖女カタトゥーチェなど、聖者が仰々しく崇められる——の暴君フランシアなど、様々な人物を祀った「実証主義暦」も不発に終わった）。挙げ句の果てに、武装集団と家畜泥棒に牧場を荒らされて農業は崩壊、国は破綻し、そんな状態で初めて国境問題が取り沙汰される（一九〇七年）。だが、私の見るところ、向こうの人々が忘れているのは、関連する二つの使節団と、両者を技術面から指導するドイツの使節団が、実は素晴らしい解決策を提案していたという事実だ。かつても今も、我が国が要求しているのは五百キロに及ぶセルバ地帯だが、首都への住民流出が続くこの地域に未開地を所有する国民は一人もいない。それに引き換え、リンゴク出身の土地所有者は多い。結局のところ、開拓者や入植者に与えられた土地がどちら側に帰属するのか——あるいは、両側に跨っているのか——、確定する手立ては現在のところないのだから、それならば解決策は、イリパリセ川を両国の共有として、実態を伴わない理論上の国境線はそのままにすることだろう。そのかわり、リンゴクの人々は、係争地域への定住を望む我が国の入植者——誰もいない——を同胞と見なして、農具等について特別優遇措置を与えることとする。リンゴクが譲歩して、国境地帯に土地の所有を望む者全員に、通行の自由、入国税の免除といった特権を保証してやれば……。「素晴らしい！　本当に素晴らしい！」この案を聞いて大使閣下は叫び声を上げる。「マビジャン将軍は偉大なる公証人と評価されることだろう。対空砲火訓練が失敗に終わった今なら、将軍は交戦の意思を撤回できる。子供を母親のもとに、人々を家に帰す。そして我が国の名誉は保たれる、というわけだ……」「本来ならあなたがそんな解決策を思いつくべきなのに」大使夫人は言う。その日の午後、彼女は思わせぶりに私を見つめてきた。

5　月曜日の金曜日か次の火曜日の木曜日

国境紛争の解決案が首尾よく採択されて以降、この数カ月で庇護申請者は大使館業務に欠かせない存在となった。彼の尽力で、綿花と煙草の交換に関する有益な取引が成立したほか、それまで無用の長物として倉庫の片隅に追いやられていたイギリス製の山岳ポンチョがリンゴクの国民的装束となり、売り物に姿を変えた。この国の菓子屋にはリンゴク産の氷砂糖の鳥や糖蜜の動物、土器に入ったジャムが並び、商店には同じくリンゴク産のベルトや毛羽立ったフエルト帽、胸元を四角く開いたブラウスが並んだ。さらに、聖人収納用の土器製教会やギター、住民全員が弦楽器の製造者というペタチェの町で作られたヴァイオリンなどが輸入されたおかげで、繊維製品や小物にめぼしい民芸品のなかったこの国に民俗文化が生まれたような幻想が広がり、とりわけ外国人の目を和ませた……　だが、それだけではなかった。金曜だろうが月曜だろうが木曜だろうが火曜だろうが関係のない無時間的時間の手持ち無沙汰にうんざりしていた庇護申請者は、大使館の仕事すべてを一手に引き受けた。大使閣下が際限なく新刊の出るシムノンの本を手にメグレ警視になりきる間、庇護申請者は外交記録をつけ、親展をしたため、外務省宛てに文書を送り、報告や覚書を作成した。「まるで我が国の大使ですね」いつも予期せぬタイミングでやって来る領事閣下は言った……「詮索好きのスパイめ」邪な馬のような顔の領事閣下を嫌っていた大使閣下は言った。そしてある日、庇護申請者はリンゴクの国籍を取得したいと申し出た。「気でも狂ったか」大使は言った。「貴国の憲法には（お前は憲法の冊子を手に取ってページを探り、該当箇所を指差した）、国内在留二年を超えるあらゆる外国人が国籍取得を申請できる、とあります。ここはリンゴク領内で、私はその統治下にいます。もし私がこの敷地内で法を犯せば、貴国の法によってしか裁くことはできません」「しかし……　二年もここにいるつもりなのか？」「すでにここへ来て数カ月になります。あるラテンアメリカのリーダーが兄弟国の大使館で七年にわたって庇護を受けていたことはご記憶でしょう。確かにヨナより長い幽閉とはいえ、シルビオ・ペジーコにはまだ及びません」「二年経ったら考えるとしよう」「おそらくそうなることでしょう」大使夫人のあまりに確たる口調に、永遠の神と永遠のドナルド・ダックに挟まれたこの世界で、あと何カ月生きることになるのだろうと考えてみずにはいられなかった。

今日は、祖国の日の軍事パレードに出席するというので、大使閣下はフロックコートを着て早々に大使館を出ることになり、美しい大使夫人と私が二人きりで朝食をとった。その後、前任の大使が残していった小さな蔵書コレクションを二人で調べた。「期待はできないわ」大使夫人は言った。「あの男は、アメリカ大陸の征服者たちが騎士道小説のあらゆる奇跡をこの地に見出したという事実を確かめることにばかり躍起になっていたのよ。だから蔵書もこのとおり。『アマディス・デ・ガウラ』、退屈な本。『パリメリン・デ・イルカニア』、これも退屈。『騎士シフラル』、もっと退屈」私は『ティラン・ロ・ブラン』を手に取る。「これはいかが？」「退屈も退屈」「それは、プラエール・ダ・マ・ビダなる人物の世界に入り込んだことがないからでしょう。蓋の少し開いた大箱に騎士を隠し、皇女の裸体の素晴らしさをいちいち数え上げて示した女。ここです……（素早く該当部分を探り当てる）。

ああ、ティランさま、どこにおられるのです？　ここにいれば、世界でいちばんあなたが愛するものを目と手で愛でることができたでしょうに。ごらんくださいティランさま、皇女さまのこの美しい髪を。世界一の騎士たるあなたの代わりに、私が口づけいたします。この目と口をごらんください。あなたの代わりに私が口づけします。この眩い乳房をごらんください。あなたの代わりに私が手に取って差し上げます。小さく、固く、白く、すべすべとしています。このお腹と太ももと秘密の部分をごらんください。ああ、私はなんと不幸なのでしょう！　私が男であれば、人生の残りすべてを喜んで差し出すところなのに！　無敵の騎士さま、いったい今どこにいらっしゃるのです？　こんなに優しく呼び掛けているのに、なぜお姿を見せてくださらないのです？　本来なら、ここに触れるべきはティランさまの手だというのに。皆の垂涎の的となるこのご馳走を味わうことができるのは、あなただけなのです。

面白みを隠し持つこの本の言い回しに、大使夫人は笑いこけた。そして、プラエール・ダ・マ・ビダの夢の章では、「だめよ、ティラン、だめ」という部分を聞いて、いっそう愉快に笑った。そしてその日、気取り屋と思われるのを覚悟のうえで私は、「そろそろ読書は切り上げて……」と言うことになる。そして、祖国の日の大パレードが終わり、隊列が崩れて士官も兵卒もちりぢりになる頃、二人の愛人は、そろそろ服を着て、広間に腰掛けて大使閣下の帰りを待つほうが賢明だと悟った。大使夫人はスケジュール帳を取り出して言った。「しっかり計画を練りましょう。祖国の日なら八時間は安心、英雄の日には、戴冠式の後にビュッフェがあるから、六時間は安心。独立百周年の日には、九時間もここを空けるはずだから、二人きりで昼食ね。国葬も年に六回あって、そのたびごとにスピーチがあるから、儀式はゆうに四時間を超える（私は肝臓が悪いことになっていて、夫と一緒に式典に顔を出す必要はないの）。ミラモンテス宮の新年祝賀は五時間ぐらい続く。軍隊の日は、行進の後、軍人クラブで昼食会があるから、八時間ぐらいかかるはず。それにカーニバルの時には女王の戴冠式がある。外交式典には体裁上私も顔を出すけど、著名人の記念碑のお披露目ならその必要もない。なんと、この国にも著名人はいるのよ！　まだまだあるわ。教皇大使の手への口づけ、前世紀の偉大な教育者の生家に盾の取り付け、堤防やダムや橋の落成式などなど。毎日のように何か式典があるわ」そこに到着した大使閣下は、糊の利いた襟で首に水膨れを作り、汗だくで喉を詰まらせながら、暑い、窮屈だ、正面から陽の当たる場所に観覧席を据えるなんて、と愚痴を並べた。「合衆国の軍事担当官たちは二輪車部隊を見て第二次世界大戦を偲んでいたよ」そのうえ、どうやら最近の流行らしく、ガチョウの足取りで歩兵が行進するおかげで、立ち昇る砂埃は耐え難い……

6 曜日不定

「責任者は、庇護の決定後、庇護された者の出身国の外務省に速やかにこれを報告せねばならない」という、政治犯庇護に関する外交的取り決め（一九二八年にハバナで開催されたパンアメリカ会議の合意文書第二条）に従って、大使閣下は最初からぬかりなくすべてを処理していた。そのため、銃剣を携えた兵士二人が相変わらず大使館前の警備を続けており、領事館管轄外の申請を求めてやってくるごくわずかな人々の不安を掻き立てていた。その日の朝、銃声がお前の腹に響いたのもそのせいだろう。同じ通りの目と鼻の先、玩具店――そのすぐ近くで人が倒れた――とパラモ聖母教会の間で、打倒マビジャン将軍を掲げる学生のデモ隊に向かって警官が発砲したのだ。事の発端は、国民投票での承認を経て大統領の任期を八年としたうえで、再選を可能とするよう憲法改正に着手したことにあった。本来なら私も、学生に混ざって掛け声を上げ、釘やネジや石を投げつけて騎馬警官を打ちのめしてやりたいところだったが、こんな手足をもがれたような状態で、すぐそばに警備員を二人つけられていてはどうすることもできない。それに、最初に捕まった学生たちがどれほど無残に痛めつけられることか、その細部まで私にはよくわかっていた。刑務所は満杯だから、最近捕まったばかりの容疑者なら、近くのホテルに護送されるという思わぬ幸運に恵まれることもある。学生たちは屈辱的な目に遭わされ、ゲシュタポやＦＢＩによって実践済みの古典的拷問を受ける。車の古タイヤの上に十二時間立たせておく。最近では新手の拷問官まで加わっている。わざわざ長く伸ばした親指と人差し指の爪で容赦なく人の喉を引き裂くという残虐な男、ガビランの指揮のもと、人の痛みに快楽を見出す者、性交マニア、その他あらゆる種類の精神異常者が、何をしても罪に問われることはない。おまけに、強姦魔もポン引きもお上のお墨付きとなり、政治警察の職員と認められている。

お前は今恋に落ち、自分でもこの恋が過ち（あやま）、犯罪であることはわかっている。通りで銃撃されているのは、世代こそ違え、少し前に、お前と腕を組んで広大な哲学の世界に踏み込んだのと同じ者たちなのだ。いつも冗談で言っていた、「世界を動かすのは二つの動力、セックスと剰余価値」という言葉。虫食いだらけで貧弱な、明快な思想になりきらない先ソクラテス的文献に重きを置く唯物論的哲学者がいることに驚いていたあの連中だ……　窓から外を見つめる。銃弾を受けてそこに倒れているのは私の仲間、血を流しながらも、柱に突き刺さる銃弾の下を這い進んでいる。お前は大使夫人のもとへ駆け寄り、その膝に顔を埋めて泣く。「恐ろしい、恐ろしいわ」彼女は言う。「あなたの国の警官は野蛮人だわ」「合衆国の指示を仰いでいるのだから、なおさらタチが悪い」お前は泣く。気分がよくなる。そして、お前をもっと落ち着かせようと、大使夫人は脇にお前を横たえる。彼女の肉を感じて目を閉じると、夜になっている。何曜日だろう？　わからない。何日だろう？　知らない。何月？　どうでもいい。何年？　ここから見えるのは金物屋の年――「一九一二年創業」――だけだ。「一つの基準ではあるかもしれない」苦々しい調子でお前は言う。そして、また愛。愛に日付はない。フランスの女流歌手が言っていたとおりだ。「世界が終わっても気づかないかもしれない」この幽閉生活、この孤立状態、この無時間的時間で愛にとりつかれた私は、見知らぬ家でアヘンを吸ったような、エルペノルよろしく目覚めとともにここがどこかもわからぬまま虚空へ飛び立つような、そんな気分に囚われる。それでも、お前は大使夫人を愛している。名前はセシリア。その白く深い腕がお前には必要だ。不遇にありながらも、彼女のうちに、母の優しさ、乳母の思いやり、愛人の温もりを見出す。セシリアとともに、いかにして大使閣下を追い払うか、あれこれ策をめぐらす。砒素がいいだろうか。しかし……　誰にも気づかれず手に入れることができるだろうか？　シカン化カリウム？　使用法は簡単だし、人を丸ごと消すという情熱の喜びまでそこに重なる。消化促進に毎晩大使が飲む錠剤に毒を混入すればいい。壺に入れた賽子のように錠剤をかき混ぜれば、あとは待つだけだ。今日はやめておく。明日にしよう。錠剤は残りあと三つ。二つになったところで、葬儀の準備を始めるとしよう。葬送行進曲と勲章で送り出そう。残り一つになれば？　言い表しようのない感情で夜を過ごすことだろう。だが……　誰がそれを手に入れるのだ？　薬局で売っているのか？　理想はクラーレで、これなら体内に痕が残らない。毒を塗り込んだ針でひと刺しすれば、標的は突如倒れ、肺機能が停止して呼吸が止まる。だが、小さな瓢箪に保管されたクラーレを手に入れるとなれば、ボートからカヌーに乗り換えてグアチナパ・インディオの居住区へ行かねばならず、それには、少なく見積もっても一カ月はかかる。無力を痛感する不幸を分かち合い、お前は彼女と泣く。棺の両側でどれほど幸せになれることか！……　お前は窓へ近寄る。銃声は止んでいる。負傷者——死者かもしれない——はすでに運び去られている。玩具店のショーウィンドーにもヒビが入り、銃弾を食らって張子の胸に小さな穴を開けたドナルド・ダックが台座から転げ落ちている。英雄の日ということもあり、店員はいないらしく、誰も元に戻してやる者がいない。オレンジ色の脚を広げてひっくり返ったまま、起き上がることはできない。

7　火曜日に向けて

雨季の到来とともに、この国とリンゴクの外交関係はさらに悪化した。国境問題が再燃し、両国の士気も上がった。だが、マビジャン将軍は軍部と役所を駆使してプロパガンダと検閲に乗り出し、好戦的雰囲気を鎮めにかかった。集会や行進の解散、スト防止、外出禁止令の徹底、個人邸や企業の家宅捜査、街のパトロール等々。内政上の問題から治安維持部隊を近くにとどめておく必要があり、国内を危険に晒してまで国境のセルバ地帯に部隊を派遣するのは、実際問題として得策でないと判断していたのだ。

また、かつてはリンゴクに対し高圧的な態度で臨んでいたが、今や彼は寛容と協力の政策を打ち出していた。「国際問題はご免」彼は言った。しかも、アメリカ合衆国が紛争地域で大規模な鉱山開発に乗り出しているのだから、なおさら緊張は避けねばならない。不透明な情勢を前に、大使閣下は本国外務省から呼び出しを受け、直接説明を求められた。二週間ほど留守にせねばなるまい。大使夫人はかいがいしく荷物を準備し、翌日空港まで見送りに行った際には、いかにも墜落しそうな旧型機に夫が乗り込む様子を見て、内心ほくそ笑んだ。整備員たちが《空飛ぶ棺桶》と呼んでいたモデルだ。

翌日、領事が私を訪ねてきた。「これであなたと私は同国人です」私を抱擁して言った後、彼は新たな国籍取得に伴う書類を差し出した。今後私の盾となるのは――同じ紋章が書類すべてに刷られている――、金色の逆三角形の上で眠い目を光らせた二頭の豹であり、どう見てもこれはフリーメーソンに由来するシンボルだが、新しい祖国最大の偉人がヨーロッパでは《理性の騎士団》に認められた《カドシュの騎士》だったことを考えれば当然の話だろう。「それだけではありません」話を続ける領事の口調は、それまでと打って変わってわざとらしい抑揚をひけらかし、もったいぶったリズムになっていた。「ここ数年、私はずっとあなたの仕事ぶりについて外務省に報告を続けてきました。国境紛争、通商の活発化、有益な取引等々をめぐるあなたの活躍です。まだ自分の国でもなかった我が国のためにどれほど尽力なさったか、本庁ではよく知られています。この間抜け（大使の席を指差す）はまったくの役立たずでした。それも周知の事実です。そこで（気取った調子になる）、奴の代わりにあなたが大使に任命されることになりました」私は反論したが、領事閣下は説明を続け、リンゴク――「我らが祖国」――では、大使の職は必ずしもキャリアの外交官に与えられるわけではなく、むしろ能力と功績に応じて決められる、と言い切った。作家、金融業者、知名度のある人物、ジャーナリスト等々。それに、ラテンアメリカには、大陸内の他国の出身者を外交や教育の分野で起用する伝統がある。外国出身者でも何ら問題はない。中米にはキューバ出身の大臣がいたし、ベネズエラ人のアンドレス・ベージョはチリ大学で学長を務めた。それに……　先を予想して私は話を遮った。「しかし……　私では、この国の承認が得られないでしょう」「マビジャンは、進歩のための同盟から一億五千万ドルせしめるために、我らが祖国との関係改善を切望しています。そのためとあらば、切り裂きジャックにでもお墨付きを与えることでしょう」（笑）「しかし、現大使と、大使夫人はどうなるのです？……」「実は、現大使は異動になり、ヨーデボリへ領事館ヒラ職員として派遣されるために召還されたのです。大使夫人に関しては、異存がなければ、大使館秘書としてこのままここに残っていただきます」

承認に時間はかからなかった。そして次の火曜日、庇護申請者は着任の挨拶に、マビジャン将軍のもとを訪れた。大使館の見張りについていた警備兵も、その日が最後の職務となり、武器を引き渡した。大使閣下のフロックコート姿は板についていた。山高帽はなめし革を新聞紙で補強せねばならず、クリーム色の手袋には小さすぎて手が入らず、アスパラガスの束のように左手で持って歩かねばならなかったが、それでも素晴らしい一日だった。外務省の車、式部官との味気ない会話。火曜日、火曜日、火曜日！　六月二十八日火曜日。六月二十八日！　聞いただけで、ビーチと広い空間が思い浮かぶ……　式部官に付き添われて庇護申請者はミラモンテス宮に到着し、必死に目を合わせようとすがりつくネズミ軍曹を無視した。軍隊式の敬礼を受けた後、マビジャン将軍の執務室に入って行くと、丁重な出迎えを受けた。将軍は和やかに喜劇を演じ、どこの国でもどんな場合でもまったく同じ文面の信任状を読み上げた。続けて、長きにわたる両国の友好関係や、繁栄の時代に差し掛かった現時点における相互理解の重要性について、短い演説をぶった。両国の過去の栄光、両国を結びつける兄弟愛、今後さらに強固になっていくであろう絆、などなど。新大使も同じ用語を使って返答し、「繁栄」、「友好」、「理解」、「兄弟愛」、「我らがアメリカ」、「未来の大陸」、「新時代のイデオロギー対立の解消に向けて、思慮深い新世界の国々が示す第三の道」など、こうした場合の常套句を並べた。シャンパンが二杯、両国の繁栄を祝して乾杯。そして握手の際、将軍が新大使に耳打ちする。「カメラマンは追い払いました。面倒になりますからね。同姓同名の別人だと思わせるよう手を打っておきます」「ご配慮、痛み入ります、将軍」すると将軍はもっと声を落とした。「たいしたタマだよ、リカルド、お前って奴は」「上品で洗練された話し上手なヨーロッパ女性はいかがです、将軍?」「クソくらえだ!……」式部官が近寄り、外交訪問の終了を告げた。新大使はドアに背中を向けたまま後ずさり、一歩ごとに恭しく頭を下げた。部屋の外へ出ると、カーテンを開けて頭を突っ込み、「またな、フェリペ」と声を掛けた。

大使夫人は祝いの料理とワインを準備して私を待っていた。大好物のピクルスはもちろん、何にでも合うマンゴーのチャツネも、ブラジルのカシャサによく合うフランス産のケッパーもあった。傷ついたドナルド・ダックは、真新しい新品と取り換えられていたが、今改めて見ると、永遠と結びつくような気はしない。ゴメス兄弟金物店のエジソン電球を見ても、前のようにメンローパークを思い出すこともない。日めくりカレンダーを六月二十八日のところまでめくった。よりよい時代が始まったのだ。慌てて飲み過ぎたカシャサがまわってきた頃、食堂にラテン語が聞こえてきた。

王様ガオ休ミトナルアイダ、
我ガ甘松ハソノ優シキ香リヲ捧グ

ラジオを点けて、アームストログのトランペットでこれをかき消した。翌日、今日が水曜日だとなかなか信じられず、水曜日の勤務にもなかなか馴染めなかった。だが、木曜日からは曜日の名前も感覚も戻り、人の時間にすべてが組み込まれた。そして日々の日課が始まった。

訳者あとがき

Guerra del tiempo、直訳すれば「時間の戦争」だが、故鼓直氏の付けた「時との戦い」は言いえて妙なタイトルであり、小説の執筆にあたって常に時間構成に心を砕いていたアレホ・カルペンティエールの創作姿勢を凝縮した表現だと言えるだろう。冒頭のエピグラフからもわかるとおり、この一句は一七世紀のスペインを代表する古典的戯曲作家ロペ・デ・ベーガの引用であり、該当する喜劇『控えめな主人への奉仕』第一幕には、次のような一節がある。

これはどんな指揮官、どんな兵士なのだ？
海の戦争というより
混沌とした時間の戦争ではないか……

カルペンティエール本人が明かしているところによれば、本書に収録された短編「夜の如くに」の主人公は、ほかならぬこのロペ・デ・ベーガの兵士であり、戦役に駆り出される前日の彼の足取りが物語の大枠になっている。

本書は、カルペンティエールが生前に刊行した最後の短編集『短編全集』(一九七九年、バルセロナ、ブルゲラ社)に従って七編の短編小説を収録しているが、そのうち三編、「種への旅」、「夜の如くに」、「聖ヤコブの道」は、一九五八年にメキシコで刊行されたカルペンティエール作品集『時との戦い——三つの短編小説と一つの中編小説』に含まれていたものである。周知のとおり、最高傑作とされる『失われた足跡』(一九五三)を筆頭に、『この世の王国』(一九四九)、『光の世紀』(一九六二)、『バロック協奏曲』(一九七四)、『方法異説』(一九七四)など、カルペンティエールの世界的名声は長編小説に負うところが大きく、短編小説となると、『短編全集』の七編以外には、没後に発表された「月の物語」(一九九〇)など、指折って数えるほどの作品しか残されていないが、この七編の書誌を探ってみると、短編の執筆が作家カルペンティエールのキャリアの転換期と密接に関わっていることがわかる。

世紀が変わって以降、キューバ政府による情報統制が緩んで、様々な資料や証言が発掘されていることもあり、生前はインタビューなどによって「戦略的」に偽装されていたカルペンティエールの伝記について、その真相が少しずつ明らかになっている。象徴的なことに、ハバナに本拠を置くカルペンティエール財団の公式サイトに掲載された「公式年表」でも、二〇一九年に入って、彼の出生地がハバナからローザンヌに修正されたばかりか、同年三月から、同財団のトップで、生前のカルペンティエールと親交のあったグラツィエラ・ポゴロッティ(一九三二年にパリで生まれ、四〇年以降今日までキューバ在住）が「カルペンティエールの謎」というコラムを公式サイト上に連載しており、その真偽に多少の疑問はあれ、大作家の伝記について新事実を明かしている。また、二〇一八年に発表されたヴィクトル・ヴァールストレームの研究（『アレホ・カルペンティエールの謎――家族的トラウマの隠れた存在』、スウェーデン、ランド）では、カルペンティエールの両親がブリュッセルで結婚したのは彼の誕生から三年後の一九〇七年であったこと、一家が揃ってハバナへやってきたのは一九一四年、アレホ少年が十歳の時だったこと、父ジョルジュが建築家の素養に乏しい息子をよくからかっていたこと、などが明らかにされている。また、メキシコの名門文芸雑誌『ネクソス』の二〇一九年一月号でこの研究に触れたカルペンティエール研究の大御所ロベルト・ゴンサレス・エチェバリーア（イェール大学教授）も、カルペンティエールの生涯に関して、それまで公にされてこなかった不都合な真実をいくつか暴き出している。こうした新情報を踏まえ、まずは七編の複雑な刊行過程を紐解きながら、一九三九年にパリからハバナへ帰国して以降のカルペンティエールの足取りを追ってみることにしよう。

一九三九年、ヨーロッパを包む不穏な空気に追い出されるようにして、十年以上に及ぶパリ滞在を切り上げてキューバに帰国したカルペンティエールは、それまでもヨーロッパから協力していた名門文化雑誌『カルテレス』に寄稿を続ける傍ら、四〇年からは雑誌『ティエンポ・ヌエボ』の編集に携わったほか、ラジオの番組制作にも関わるようになった。また、音楽の才能を活かして、キューバではまだ揺籃期にあった映画業界で音楽を手掛けたり、教育機関で音楽の歴史を講義したりすることもあったが、帰国後のカルペンティエールは、長いヨーロッパ滞在の経験に見合うような地位をなかなか得ることができず、母国の文化情勢に不満を抱えていた。この不満が文学作品の創作へと彼を駆り立てる要因になったことは間違いない。私生活でも苦悩は多かったようで、四一年、パリ時代から付き合いのあったエヴァ・フレジャヴィーユと結婚するものの、わずか一カ月で離婚している。『失われた足跡』に登場するムーシュのモデルになったとされるこの女性に関しては、ディエゴ・リベラの婚外子だと言われており、旺盛な性欲でハバナの男女様々な芸術家・知識人と関係を持ったとか、ギジェルモ・カブレラ・インファンテの名作『TTT』に名前を変えて登場するとか、様々な逸話が現在も取り沙汰されている。いずれにせよ、一九九〇年代初頭になって、カルペンティエールがローザンヌで生まれたことを示す出生証明をカブレラ・インファンテに暴露したのはこの女だった。

幸い、離婚のショックからはすぐに立ち直ったようで、翌四二年に結婚したリリア・エステバン・イエロが生涯の伴侶となり、この後、彼の著作の大部分は彼女に捧げられている。ようやく運が開けてくるのは四三年以降のことであり、この年から相次いで近隣諸国を旅したカルペンティエールは、キャリアにとって重要なチャンスを摑むとともに、ラテンアメリカ世界の奥深さを体験することで、作家としての第一歩を踏み出すことになった。四三年にはハイチを訪問して、後にラテンアメリカの「驚異的現実」として結実する理念の萌芽を感じ取り、続く四四年には、メキシコで名門出版社フォンド・デ・クルトゥーラ・エコノミカから『キューバの音楽』の執筆依頼を受けている。本短編集に収録された「闇夜の祈祷」と「種への旅」が発表されたのは同じ四四年のことであり、前者はホセ・レサマ・リマが創刊した伝説的文芸雑誌『オリヘネス』第四号に掲載、後者はほぼ手作りに近いイラスト入りの百部限定版で無名の出版社から刊行された。とはいえ、この頃のカルペンティエールはまだ多少知名度のある音楽愛好家にすぎず、キューバ国内でさえ作家としてはまったく認識されていないうえ、物語文学を書くことはあっても作家を自称することはなかった。

一九四五年には、ベネズエラのラジオ・広告業界の大物カルロス・エドゥアルド・フリアスの誘いを受けてカラカスに旅立ち、当初一、二年のつもりが計十四年も滞在したこの地で、とりわけ一九五〇年代半ば以降、カルペンティエールは作家としての素養と使命を明確に意識するようになる。ラジオの番組制作や広告業、コンサートの企画など、様々な文化活動に敏腕を振るった彼は、四八年からマルコス・ペレス・ヒメネス独裁政権下に入るベネズエラで相当羽振りのいい生活をしていたらしく（独裁政権の経済的支援を受けた文化活動にも少なからず関わっている）、平原地帯やオリノコ川流域のセルバ地帯、アンデス地域など、各地を頻繁に旅行したほか、深い教養と卓越した文才を発揮してベネズエラの有力新聞『エル・ナショナル』に定期的に記事を寄稿した。とりわけ、五一年から同紙で連載が始まったコラム「文学と音楽」は、五九年まで約三千回続き、文字どおり文学や音楽を中心に、文化関係の貴重な情報を読者に提供し続けた。本書収録の短編「逃亡者たち」が『エル・ナショナル』紙の短編小説コンクールで賞を取って同紙に掲載されたのは四六年のことであり、この同じ年に『キューバの音楽』がメキシコで刊行されている。その後、四九年には後に出世作と見なされることになる長編『この世の王国』を刊行し、五二年には再び『オリヘネス』（三一号）に「夜の如くに」を発表するが、この時点でさえ、ラテンアメリカ文学の新たな旗手としてカルペンティエールに注目する読者・批評家は極めて少数だった。現に、『この世の王国』も『失われた足跡』も、フォンド・デ・クルトゥーラ・エコノミカ社をはじめとするメキシコやベネズエラの有力出版社からは見向きもされず、最終的に、作者自身がかなりの費用を負担する形でメキシコの泡沫出版社から刊行されている。カルペンティエールに作家としての国際的名声をもたらしたのは、早くからラテンアメリカ文学に注目していたフランスの批評家ロジェ・カイヨワの進言を受けて、名門ガリマール社が刊行したルネ・デュラン訳のフランス語版『失われた足跡』だった。五六年にこれがフランスで最優秀外国語書籍賞を受賞すると、同じ五六年には英語版、五八年にはドイツ語版とイタリア語版が刊行され、『失われた足跡』が世界的に注目を浴びる事態となった。当時スペイン語圏の出版をリードしていたメキシコとアルゼンチンの出版社も、この頃からようやくカルペンティエールに目を向け始め、五六年にはブエノスアイレスの名門ロサダ社が中編『追跡』を、五九年にはメキシコの中堅コンパニーア・ヘネラル社が『失われた足跡』の再版を刊行している。五八年に、『時との戦い』というタイトルで、「追跡」、「種への旅」、「夜の如くに」、「聖ヤコブの道」の四編をまとめて一冊の本として刊行したのもこのコンパニーア・ヘネラル社だが、なぜここに「闇夜の祈祷」と「逃亡者たち」が収録されなかったのか、事情はわかっていない。ちなみに、「時との戦い」というタイトルは、一九五四年七月二十二日の『エル・ナショナル』文芸版に「聖ヤコブの道」の一部を発表した際に初めて使われている。

五九年のキューバ革命勃発とともに再び帰国してから数年間のカルペンティエールは、文化関係の要職を歴任して、出版、講演、文学コンクール、ブックフェア等、様々な公式行事を取り仕切るかたわら、有力雑誌への寄稿も続けるなど、多忙な日々を送ることになり、世界的作家の地位を手にはしたものの、思うように創作活動を進めることができなかった。六二年には、これも評価の高い長編『光の世紀』を刊行しているが、これは、五五年のヨーロッパ渡航において、飛行機がグアダループに緊急着陸した際に着想された作品であり、ベネズエラ時代にほぼ書き上げられていたことが知られている。

カルペンティエールが創作に戻ることができたのは、皮肉にも、革命政府と作家たちの対立が原因で閑職に追いやられたおかげだった。一九六五年、ソ連の指導と監視を受けた共産党がキューバ革命政府の中枢を握ると、時に体制批判を口にすることもあった作家たちに露骨な圧力がかかり始め、レサマ・リマやビルヒリオ・ピニェーラ、レイナルド・アレナスといった国外で名を知られた作家にも迫害の手が及ぶようになった。実はカルペンティエールも、革命直後の数年間こそ比較的重用されてはいたものの、一九二〇年代、マチャード独裁政権反対運動に際して共産党の天敵とされる中道政党に与していたことがあり、フアン・マリネッロら、党の幹部には五九年当初から完全に疎まれていた。六五年春、カルペンティエールはフランス各地の大学で講演をこなすという名目で長期間国を空けたが、この時点で彼が革命政府に爪弾きにされたことは明らかであり、事実、六六年には左遷も同然の形で在フランス・パリ大使館へ送られた。本書に収録された残り二編、「選ばれた人びと」と「庇護権」はいずれも六五年五月から六月に執筆されており、二年後の六七年にフランスのガリマール社から『時との戦い』のタイトルで刊行された短編集に、「聖ヤコブの道」、「種への旅」、「夜の如くに」とともに収録されている。すなわち、スペイン語版の前にフランス語版が出たわけだが、世界的名声を手にして以降のカルペンティエールは、翻訳者デュランとカラカス時代から深く親交していたこともあり、作品が書き上がると、スペイン語版の刊行前から草稿のコピーを翻訳者に託してフランス語版の準備を進めるようになっていた。ちなみに、長編『光の世紀』も、フランス語版のほうがスペイン語版よりわずかではあるが先に刊行されている。七〇年には、このフランス語版に即した短編集『時との戦い』の英語版がクノップフ社から刊行されたほか、バルセロナの有力出版社バラルから、「聖ヤコブの道」、「種への旅」、「夜の如くに」、「逃亡者たち」、「選ばれた人びと」を収録した短編集が、同じく『時との戦い』というタイトルで刊行された。そして七二年には、これもバルセロナの有力出版社ルーメンから、『庇護権』が単独で一冊の本として刊行されている。いずれの版についても、作品の選定に関して詳細はまったく何もわかっていない。

事実上の左遷とはいえ、権力闘争に興味のなかったカルペンティエールにとって、若い頃から住み慣れたパリでの外交官生活は比較的快適だったようだ。十分な報酬を与えられていたうえ、折からの「ラテンアメリカ文学のブーム」に乗って、六〇年代半ば以降は、『この世の王国』、『失われた足跡』、『光の世紀』などが毎年のようにスペイン語圏の有力出版社から再版・増刷を繰り返し、コンスタントに万単位の売り上げ部数を叩き出した。キューバ人作家の国外での出版活動は革命政府によって厳しく統制されていたが、カルペンティエールは、印税収入等も含め、様々な特権を認められた数少ない例外的作家の一人だった。もちろん彼とて、革命政府に楯突くような真似はしなかった。内心ボルヘスを崇拝していてもそれを口外することはせず、カストロ体制に好意的なコルタサルやガルシア・マルケスとの親交をひけらかす一方で、革命政府に睨まれていたカルロス・フエンテスとは非公式な付き合いにとどめ、体制批判ととられかねない発言は慎重に慎んで、革命政府の「広告塔」として自らの役割を如才なくこなしながら、『方法異説』や『バロック協奏曲』など、本格的長編の執筆にも取り組んだ。「模範的振る舞い」のご褒美なのか、七四年には、七十歳の誕生日を記念して念願の共産党入党も認められている。フアン・マリネッロは、「これでカルペンティエールは生涯の最高傑作を書ける」と断言したようだが、それまで創作の聖域に共産党の教義を持ち込むことのなかったカルペンティエールが、党の同志たちに迎合することで出来上がったのは、ゴンサレス・エチェバリーアが（そしてノーベル文学賞作家マリオ・バルガス・ジョサも）「失敗作」と評した『春の祭典』（一九七八）だった。とはいえ、これで作家の威信に傷がつくようなことはなく、七七年にセルバンテス賞を受賞したほか、遺作となった『ハープと影』（一九七九）も、フランスで権威あるメディシス賞を受賞するなど、一九八〇年に没するまで、キューバ内外で様々な文学的栄誉に浴し続けている。

本書に収録した七編をまとめて一冊の本として刊行したのは、一九七六年にハバナで刊行されたアルテ・イ・リテラトゥーラ社版『短編集』が初めてであり、七九年に同じ形でバルセロナのブルゲラ社から刊行された『短編全集』が、生前のカルペンティエールからお墨付きを得て日の目を見た最後の短編集となった。以後、様々な出版社からこの短編集は再版され続けており、『時との戦い』の冠が付いている場合も多い。

長編小説と較べれば確かに迫力に欠けることは認めざるをえないものの、ここに収録された短編小説の完成度は高く、とりわけその魅力は、「カルペンティエールらしさ」を凝縮した形で提示しているところに求められる。注目に値するのは、長編小説でもカルペンティエール文学の重要な構成要素となる二つの特徴、すなわち時間構成をめぐる手法的実験とアイロニーによる価値体系の転覆が前面に打ち出されている点だろう。死から誕生へと時間を遡る「種への旅」は、カルペンティエール文学の特異な時間進行を示す典型として、また、『失われた足跡』の理念的出発点として、研究や評論の場で何度となく言及されてきたが、一見直線的に進行するように見える物語でも、その内部に複雑な仕掛けが隠されている場合が多い。『この世の王国』に関する論考においてカルペンティエールの時間操作に触れたマリオ・バルガス・ジョサは、「章と章の間に直接的時間進行が欠落し、挿話が時の流れに沿って繋がる感じがしない」ため、「静態物を前にしたかのごとく」、「時が止まった、あるいは無くなったような印象を受ける」とその特徴を要約したことがあるが、これは多くの短編にも共通する要素だと言えるだろう。典型は「闇夜の祈祷」であり、物語は、具体的な日付の提示とともに、一見客観的な時間的枠組みのなかで進んでいくが、場面の連続性が巧みに分断されているせいで、進みながら止まるような無時間的時間が生み出される。客観的・外的時間と登場人物の主観的・内的時間を組み合わせることにより、フィクションの内部にのみ可能となる文学的時間をとりわけ見事に作り上げているのは、カルペンティエール自ら、「過去へ跳躍することで時間の観念を打ち壊す」作品と評した「聖ヤコブの道」だろう。作品の出発点となったのは、一五六〇年代のハバナにたった一人だけ音楽家が存在していたことを示す記録がインディアス文書館でアメリカ合衆国の歴史家アイリーン・ライトによって発見されたというニュースであり、伝記的事実はほぼ何も知られていないこの歴史的人物、フアン・デ・アンベーレス（「アントワープのファン」の意味）をめぐって想像力を飛翔させたカルペンティエールは、十六世紀のヨーロッパと新大陸に跨って、短いページのなかに壮大なスケールの物語を編み出している。「独立した場面の並置として」（バルガス・ジョサ）止まったような時間のなかで前進する構成は他の作品とも共通するが、興味深いのは、同じ場面の反復あるいは変奏によって、物語の最後に時間の円環が完成する点だろう。「聖ヤコブの道」では、かつてスペインのブルゴスでインディアス帰りのいかさま師に導かれて新大陸へと渡ったファンが、ヨーロッパへ舞い戻った後、同じブルゴスで、同じファンという名の巡礼者に、嘘八百を並べて新大陸へと誘うところで、カルペンティエール自身も指摘するとおり、「時間は撤廃され、最後に最初の時間へと戻る」ことになる。物語の最後で再び流れる小唄も、螺旋を描いて出発点へと戻っていく時間構成を見事に引き立てている。

短編集の基調をなすアイロニーは、この円環的時間や螺旋形の時間進行と密接に関係している。洪水から救われた自分たちこそ選ばれし民だと思い込んでいた者たちが、実はその他大勢と何ら変わらぬ構成員でしかなかったという事実に直面する物語、「選ばれた人びと」でも、仰々しい大がかりな旅路の果てに、主人公が「時間を無駄にしただけのことだった」と気づいたところでアイロニーが完結する。また、円環の時間によるアイロニーをとりわけ見事に機能させているのが、本短編集のなかで最も政治色の濃い作品「庇護権」だろう。最初は、「日曜日」、「月曜日」と明確に時間の経過を示しながら展開していた物語は、亡命先となった弱小国大使館の単調な生活が続くにつれて時間感覚を失い、時間的枠組みがぼやけたまま、気がつけば二年の歳月が流れている。主人公がリンゴクの外交官となって、かつて間一髪逃れた大統領府で、かつて彼を放逐した宿敵の手から信任状を受け取ったところで円環のアイロニーは完成し、日和見主義とシニスムのはびこるラテンアメリカ政治の現状を痛烈に風刺する。時間の進行とともに象徴性の変化するドナルド・ダックの人形に何度も言及したり、ドン・キホーテも愛読した騎士道小説の古典『ティラン・ロ・ブラン』から官能的場面を挿入したりと、カルペンティエールは随所にユーモアを散りばめてアイロニーを補強することも忘れていない。

本書で最も痛烈なアイロニーに貫かれた二作、「選ばれた人びと」と「庇護権」がともに、カルペンティエールが革命政府から冷遇され始めていた一九六五年に執筆されているという事実は、単なる偶然ではありえない。「女と子供と革命家はアイロニーが嫌い」とは、ジョゼフ・コンラッドが『西欧人の眼に』（一九一一）に忍ばせた台詞だが、当時のキューバ革命政府はまさにアイロニーを解さない革命家に牛耳られて批判と寛容の精神を失いつつあった。カルペンティエールにとって、アイロニーを自由に駆使できる避難所はもはやフィクションの内側にしか見出せなくなっていたわけだ。先にも述べたとおり、カルペンティエールは公私を問わず革命批判を口にすることはなかったが、こうした視点からこの二作、さらには、その延長線上にある七〇年代半ばの傑作長編、『バロック協奏曲』と『方法異説』の行間を注意深く読んでみれば、一見革命政府批判と無関係な物語の内側にカルペンティエールが仕込んだアイロニーとユーモア、そしてそのアレゴリー性がより鮮明に見えてくる。実は、文学作品のなかに時折垣間見えるこうした「悪戯」こそ、革命政府の広告塔という表向きの顔に隠れた作家カルペンティエールの真の顔をより正確に映し出していたとさえ言えるだろう。『春の祭典』が失敗に終わったのも、共産党の顔色を窺ってアイロニーやユーモアを失ったところに一つの大きな要因があった。

最後に、〈フィクションのエル・ドラード〉に『時との戦い』をこの形で刊行するに至った経緯を簡単に説明しておこう。「聖ヤコブの道」、「種への旅」、「夜の如くに」の三編が鼓直の訳で『時との戦い』として国書刊行会から出版されたのは一九七七年のことであり、その後、七九年にサンリオSF文庫から中編『バロック協奏曲』が刊行された際に、「選ばれた人びと」が併せて収録された。そして八四年に集英社の「ラテンアメリカの文学」から刊行された『失われた足跡　時との戦い』には、鼓訳の四編がすべて収録されている。以後『時との戦い』が再版されることはなく、近年は、ホセ・ドノソの『夜のみだらな鳥』などと並んで、外国文学マニアにとって「幻の本」となっていた感さえあったが、二〇一二年に「フィクションのエル・ドラード」が始動したところで事態は変わった。このコレクションにカルペンティエールの小説作品を入れることは、当初から編集者と私の共通の希望であり、未邦訳のまま残っていた『方法異説』の刊行と併せて、長らく入手困難になっていた『バロック協奏曲』と『時との戦い』の再刊へ向けて可能性を探り始めたところ、鼓氏から快く訳稿を託していただけることになった。様々な逆境が重なって出版には時間を要したものの、二〇一六年にまず拙訳で『方法異説』、一七年に鼓訳『バロック協奏曲』の再刊を終え、直後から『時との戦い』の編集作業に入った。当初は鼓訳の四編のみを再刊する案もあったが、それでは生前に短編七編をまとめて『短編全集』として刊行したカルペンティエールの遺志にそぐわないという判断から、鼓氏と相談のうえ、「闇夜の祈祷」、「逃亡者たち」、「庇護権」の三編を拙訳で追加収録することに決まった。底本としたのは、現時点で最も完成度の高いカルペンティエールの小説全集とされるRBA社版『物語全集』第一巻（バルセロナ、二〇〇六年）だが、翻訳と校正にあたっては、他にもシグロベンティウノ社のカルペンティエール全集第三巻（メキシコ、二〇〇四年）、アリアンサ社の『時との戦い――その他の物語集』（マドリード、二〇一七年）等を参照している。

ここからは言い訳がましい話になってしまうが、二〇一八年の後半にキューバ人作家レオナルド・パドゥーラが翌一九年五月に来日することが決まり、それに合わせて彼の大作『犬を愛した男』の邦訳を刊行せねばならなかったため、『時との戦い』の編集は一時後回しになった。夏までに「あとがき」を書き終えて年内に刊行すれば、また鼓氏とともに記念イベントを企画することができると踏んでいたのだが、一九年四月、まさに寝耳に水で鼓氏の訃報が入った。同年二月に神戸でお会いした時は非常にお元気で、日頃から本人も、「二〇二七年ぐらいまでは大丈夫そうです」とおっしゃっていたこともあり、私はしばらく茫然とした。パドゥーラの来日関連イベントをすべて終えた後、気を取り直して作業を続け、ほぼ当初の予定どおり本書を刊行できる運びとなったが、今でも悔いが残り、これまでのように出来上がった本を肴に鼓氏と酒を飲み交わすことができないのは非常に残念だ。

鼓氏の訳文は正確で味があり、基本的には出版当時の原文を最大限尊重することにして、明らかな誤植や単純な表記ミスを修正するにとどめている。『夜のみだらな鳥』と『バロック協奏曲』に続いて、今回も、学生時代から敬愛してきた作家の名作を、父のように慕ってきた翻訳家の訳文で読み直すという貴重な体験に恵まれることになり、今後のキャリアに役立つことを多く学ばせていただいた。水声社社主の鈴木宏さんや井戸亮さんほか、本書の刊行に関わったすべての方々にこの場を借りてお礼を申し上げるとともに、改めて鼓直氏のご冥福を祈り、ラテンアメリカ文学者としての氏の功績に深い敬意を表したい。

二〇一九年八月六日

寺尾隆吉

著者／訳者について

アレホ・カルペンティエール
Alejo Carpentier

一九〇四年、スイスのローザンヌに生まれる。父はフランス人、母はロシア人。主にハバナで教育を受けたものの、家庭内にはフランス文化が色濃く、パリへ留学することもあった。建築家を志すが挫折。一九二四年から文化雑誌『カルテレス』に寄稿を始め、政治運動にも参加、マチャード独裁政権から二七年に投獄を受ける。一九二八年から三九年までパリに滞在し、シュルレアリスムや前衛音楽に影響を受けた。一時ハバナへ戻った後、一九四五年から五九年までベネズエラのカラカスに滞在し、『この世の王国』（一九四九）、『失われた足跡』（一九五三）、『追跡』（一九五六）などの長編小説を刊行した。一九五九年、キューバ革命勃発とともにハバナへ戻り、革命政府の文化活動に協力。晩年は外交官としてパリで過ごし、『方法異説』（一九七四）、『バロック協奏曲』（一九七四）、『ハープと影』（一九七九）などの作品を発表し続けた。一九七七年に、ラテンアメリカ作家として初めてセルバンテス賞を受賞している。

鼓直
つづみ・ただし

一九三〇年に岡山に生まれ、二〇一九年に神戸で没する。東京外国語大学卒業。元法政大学教授。専攻、ラテンアメリカ文学。主な訳書には、ガルシア＝マルケス『百年の孤独』（新潮社、一九七二年）、ドノソ『夜のみだらな鳥』（水声社、二〇一八年）などがある。

寺尾隆吉
てらお・りゅうきち

一九七一年、愛知県生まれ。東京大学大学院総合文化研究科博士課程修了（学術博士）。現在、早稲田大学社会科学部教授。専攻、現代ラテンアメリカ文学。主な著書には、『ラテンアメリカ文学入門』（中公新書、二〇一六年）。主な訳書には、パドゥーラ『犬を愛した男』（水声社、二〇一九年）などがある。

Alejo CARPENTIER, Guerra del tiempo y otros relatos, 1958.
Este libro se publica en el marco de la "Colección Eldorado", coordinada por Ryukichi Terao.

フィクションのエル・ドラード

時との戦い

二〇二〇年一月二六日　第一版第一刷印刷
二〇二〇年二月一〇日　第一版第一刷発行

著者　アレホ・カルペンティエール
訳者　鼓直・寺尾隆吉
発行者　鈴木宏
発行所　株式会社水声社
東京都文京区小石川二—七—五　郵便番号一一二—〇〇〇二
電話〇三—三八一八—六〇四〇　FAX〇三—三八一八—二四三七
［編集部］横浜市港北区新吉田東一—七七—一七　郵便番号二二三—〇〇五八
電話〇四五—七一七—五三五六　FAX〇四五—七一七—五三五七
郵便振替〇〇一八〇—四—六五四一〇〇
http://www.suiseisha.net
印刷・製本　モリモト印刷
装幀　宗利淳一デザイン

ISBN978-4-8010-0458-0

フィクションのエル・ドラード

襲撃　レイナルド・アレナス　山辺 弦訳　二二〇〇円
気まぐれニンフ　ギジェルモ・カブレラ・インファンテ　山辺 弦訳　三〇〇〇円
バロック協奏曲　アレホ・カルペンティエール　鼓 直訳　一八〇〇円
時との戦い　アレホ・カルペンティエール　鼓 直／寺尾隆吉訳　二二〇〇円
方法異説　アレホ・カルペンティエール　寺尾隆吉訳　二八〇〇円
対岸　フリオ・コルタサル　寺尾隆吉訳　二〇〇〇円
八面体　フリオ・コルタサル　寺尾隆吉訳　二二〇〇円
境界なき土地　ホセ・ドノソ　寺尾隆吉訳　二〇〇〇円
ロリア侯爵夫人の失踪　ホセ・ドノソ　寺尾隆吉訳　二〇〇〇円
夜のみだらな鳥　ホセ・ドノソ　鼓 直訳　三五〇〇円

ガラスの国境	カルロス・フエンテス　寺尾隆吉訳	三〇〇〇円
案内係	フェリスベルト・エルナンデス　浜田和範訳	二八〇〇円
ライオンを殺せ	ホルヘ・イバルグエンゴイティア　寺尾隆吉訳	二五〇〇円
場所	マリオ・レブレーロ　寺尾隆吉訳	二三〇〇円
別れ	ファン・カルロス・オネッティ　寺尾隆吉訳	二〇〇〇円
犬を愛した男	レオナルド・パドゥーラ　寺尾隆吉訳	四〇〇〇円
帝国の動向	フェルナンド・デル・パソ　寺尾隆吉訳	（近刊）
人工呼吸	リカルド・ピグリア　大西 亮訳	二八〇〇円
圧力とダイヤモンド	ビルヒリオ・ピニェーラ　山辺 弦訳	二二〇〇円
レオノーラ	エレナ・ポニアトウスカ　富田広樹訳	（近刊）
ただ影だけ	セルヒオ・ラミレス　寺尾隆吉訳	二八〇〇円
孤児	ファン・ホセ・サエール　寺尾隆吉訳	二二〇〇円
傷痕	ファン・ホセ・サエール　大西 亮訳	二八〇〇円
マイタの物語	マリオ・バルガス・ジョサ　寺尾隆吉訳	二八〇〇円
コスタグアナ秘史	ファン・ガブリエル・バスケス　久野量一訳	二八〇〇円
証人	ファン・ビジョーロ　山辺 弦訳	（近刊）